三谷幸喜のありふれた生活15

おいしい時間

三谷幸喜

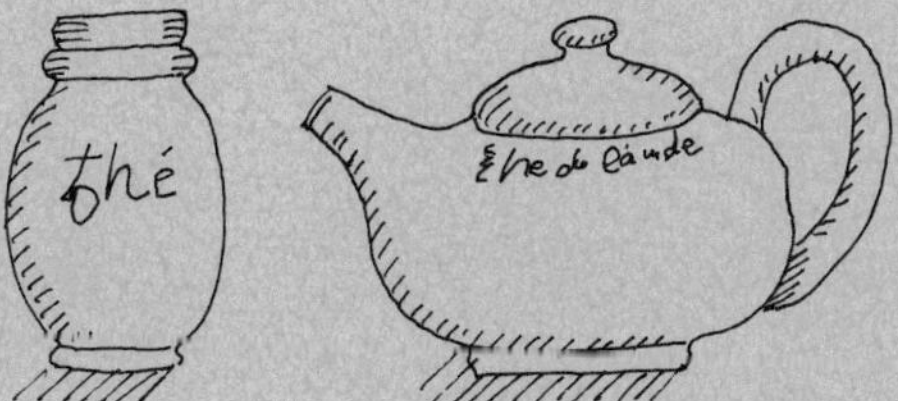

朝日新聞出版

三谷幸喜のありふれた生活15　おいしい時間・目次

装丁・挿画　和田誠

三谷幸喜のありふれた生活15　おいしい時間

出川哲朗の魅力が爆発

今、出川哲朗さんが面白い。昔から注目していたけど、最近になって、その魅力が爆発しているように感じる。アクの強さが年齢を重ねるに従って、次第に薄れ（僕らが慣れただけかもしれないが）、最近は、人間的深みさえ感じられる。でも決して落ち着いていないところか、またいい。

彼の凄《すご》いところは、例えば、出川さんが役者として、ドラマや映画に出ているところを想像してみると分かる。まったくイメージが湧かない。大河ドラマで戦国武将を演じている出川さんを思い描いて欲しい。たとえ武田信玄を大真面目に演じたとしても、僕らはそこに、信玄になりきれずに悪戦苦闘する「出川哲朗」を見ることしかできない。

これは凄いことである。なぜなら、こんな人、他にいないから。江頭2：50さんだって、「ダチョウ倶楽部」の上島竜兵さんだって、上手《うま》い下手は置いといて、役になりきる姿は、なんとな

く想像は出来る。しかし出川さんは無理。彼はあくまでバラエティーの国の住人なのである。そこでしか生きられない。日本でテレビ放送が始まって六十年以上過ぎ、バラエティー番組の歴史もそれと同じだけ続いている中で、出川哲朗さんは、ひょっとしたら、初めて誕生した純正バラエティータレントなのかもしれない。

少し前に「ＳＭＡＰ×ＳＭＡＰ」にゲストで出ていた彼を見た時、この人の時代がやって来た、と確信した。やりたい放題。しかしそこに垣間《かいま》見《み》える節度。熟練の芸。いろいろあって、なんだか元気がなさそうに見えたＳＭＡＰの五人が、出川さんのお陰で心から楽しんでいるように感じた。

出川さんの芸風の一つに「ビッグマウス」がある。いわゆる大ぼら吹き。その風貌《ふうぼう》からはかなり遠い「大スター」感を、彼はことさらに強調する。あの顔で、あの声で、女性の口説き方を真顔で話すだけで、笑いが生まれる。

しかしそれは、それっぽくない人がそれっぽいことを言う、そんな単純な面白さではない。出川さんは、いつも真剣だ。嘘《うそ》を言っている感じがまったくしない。ビッグスターを気取っているのではない。ビッグスターであると、信じている（ようにしか見えない）。実際にそうだとしたら、ちょっと困った人なので、そこには当然、演技も入っていると思うし、ある程度の計算もあるだろう。だが出川さんには「狙い」という言葉の持っている「いやらしさ」が感じられないのだ。

テレビというものはとても怖い媒体で、そこに出ている人の「本当の姿」をいともたやすく見抜いてしまう。僕なんかが、たまに番組に出て、とんちんかんな発言をしたところで、それが「狙い」であることは視聴者はすぐに見抜いてしまう。出川さんは違う。きっと魂がピュアなのだろう。だから僕らは、出川さんが本気で格好つけ、本気でボロを出し、本気でしどろもどろになっていく様を、心から楽しむことが出来る。

実際にお会いしたことはないし、今後も僕の作品に役者として出て頂くこともないと思うが、ビッグスター出川哲朗は、同世代人として、僕の誇りである。

舞台、生ドラマの可能性

アメリカのテレビ局で「サウンド・オブ・ミュージック」が生ドラマ化され（つまり生放送）、そして大反響だった（つまり大成功）という話は以前から聞いていたが、この度、ようやくDVDで観《み》ることが出来た。オンエアが二〇一三年十二月なので、ずいぶん遅い話題ですが、お許し下さい。

「サウンド・オブ・ミュージック」は、言わずと知れたブロードウェーミュージカルの代表作。一九五九年に初演、六五年に映画化され、世界的に大ヒットした。

一般的には、この映画版がもっともポピュラーな「サウンド〜」だろう。雄大なアルプスの大自然の中で歌い踊るマリア（ジュリー・アンドリュース）の姿は強烈な印象を残す。

この名作が、テレビで生放送というかなり奇抜なアイデアで「再演」された経緯について、僕は詳しくはない。恐らくは、とんでもない努力と労力とお金と思い切りが必要だったはずだ。

はっきりしておくべきなのは、これは映画版のリメイクではなく、舞台版のテレビ化ということ。考えてみれば、テレビの生放送と舞台は、やり直しがきかないという意味で、とても似ている。相性は決して悪くないのだ。とはいうものの、映像である限り、見た目のイメージはやはり映画版に近い。だからセット感丸出し、やけにちんまりした山中で、マリアがテーマ曲を歌い出した時、大抵の映画版のファンは「なんじゃこりゃ」となったことだろう。

だがこれが本来の姿なのである。むしろこの作品を本場のスイスでロケしようと思い立った映画制作者の慧眼《けいがん》を讃《たた》えるべきなのだ。

どう考えてもジュリーと比較されてしまうマリア役のキャリー・アンダーウッドは、カントリー歌手として有名な人らしい。僕らにはジュリーの歌声が耳に「焼き付いている」ので、多少違和感はあったが、かなりの歌唱力（お芝居はもうひとつだったけど）。なにより「芯の強さ」のようなものが感じられ、新しいマリアが誕生したと思った。

そしてこの「芯の強さ」こそが、この生放送版には不可欠だったような気がする。一発本番という意味では舞台と一緒だが、テレビ版の場合は、これに撮影クルーが加わり、立ち位置やらカメラ位置やら、意識しなければならないことが何十倍も増える。しかも舞台とは比較にならない数の観客（資料によれば一八五〇万人）の前で演じきらなければならない。よほどの度胸がなければ出来ない。キャリーは適任だった気がする（批評家からは酷評だったそう。懐が狭くはないか）。

ドラマでもない、舞台でもない、新しいジャンルとして「サウンド～」は生まれ変わった。こうした試みはもっとやって欲しいし、実際、その後も「ピーターパン」「ウィズ」とシリーズ化されている。日本でもぜひやるべきだ。演劇界にとっても、停滞気味のテレビドラマ界にとっても、カンフル剤になるはず。長谷川伸「瞼《まぶた》の母」完全生ドラマ化、面白そう。人にやられるのはちょっと悔しいので、企画を立てる人は、ぜひ僕に声を掛けて下さい。

機関車アニメを見比べて

わけあって、このところ、子供向けのＤＶＤをよく観《み》ている。

「きかんしゃトーマス」と「チャギントン」。どちらも、意思を持つ列車たちの物語だ。「トーマス」は、初期の頃はミニチュアを使った実写版だったのが、途中からＣＧアニメになった。後続の「チャギントン」は最初から完全ＣＧ。どちらもイギリス製作だ。

僕としては、どこかほのぼのとした、しかし実はかなり精密に作られているミニチュア版の「トーマス」がお気に入り。この「箱庭」的な楽しさは何かに似ていると思って調べたら、制作者の中に、「サンダーバード」関係者がいた。「サンダーバード」は、子供の頃に夢中になった、空想科学ミニチュア特撮ドラマ。「トーマス」はその血を受け継いでいた。

「トーマス」と「チャギントン」。一見似ているが、設定に大きな違いがある。

「トーマス」に出てくる機関車たちは、どうやら自走が出来ない。顔もついているし、喋《しゃべ》るし、

つまりは脳みそもあるはずなのだが、走る時は、常に機関士さんが必要。人間がいなければ、何も出来ないのである。彼らは、荷物や乗客を運んであげる代わりに、石炭をくべてもらう。夜は操車場に連れて行ってもらうし、汚れた時は洗ってもらう。一番近い存在は、馬車馬か。トーマスたちは、常に人間に役立つことだけを考え、その見返りとして、面倒を見てもらっているのである。

それに比べて、チャギントンに登場する列車たちは、遥《はる》かに自由度が高い。自分の意思で猛スピードで走り回る。人間も出てくるが、どこか列車たちに遠慮している。この世界では、列車の方が立場が上なのだ。まるで「猿の惑星」の猿と人間の関係だ。

僕としては、「チャギントン」の設定には、いささか戸惑う。リアリティーが僕の許容範囲を超えている。そもそも乗り物が喋るという点でリアリティーなどあったものではないのだが、それでも「トーマス」の方には、まだ節度のようなものを感じる。「チャギントン」はなんでもありだ。

　そもそも「トーマス」に出てくる機関車の顔は、先頭部分に貼り付いたような形。「チャギントン」は先頭車両そのものが顔面。正面の窓の部分に目が付いているのだ。これはどういうことなのか。一応、運転士はいる。彼は運転席に座った時、目の前に、列車たちの目玉の裏側を見ることになる。そんなものが、フロントガラスに貼り付いていたら、めちゃくちゃ運転し辛いではないか。些細《ささい》なことが気になってしまう僕のような人間には「チャギントン」は「トーマス」ほどにはのめり込めない。

　それにしても、これだけ自由気ままに動きまわり、完全にひとつの生命体と化している「チャギントン」の列車たち。トーマスよりも格段に自我が強いにもかかわらず、結局は、人間が敷いたレールの上を走ることしか出来ない。そう思うと、彼らの陽気な面構えの裏に、とんでもない悲劇性を感じる。案外、深い設定かも。

愉快なジョージは科学的

わけあって、このところ、子供向けのＤＶＤをよく観《み》ている。「おさるのジョージ」の原作絵本は、日本では「ひとまねこざる」のタイトルでも知られている。これをアメリカのテレビ局がアニメ化した。

主人公のジョージは、ニューヨークで、「黄色い帽子のおじさん」と一緒に暮らす小猿。調べてみると、ジョージの出身地はアフリカらしい。ということはジョージはボノボなのか。

大都会でボノボの子供を放し飼いにするというのは、リアルに考えると、かなりの危険をはらんでいる。相当な反発を受けそうだが、この物語の世界では普通に受け入れられている。ジョージはどこへ行っても人気者。好奇心旺盛、冒険好きで、いつも明るいボノボのジョージは、言葉が話せないのと、身体能力が優れているのと、全裸であることを除けば、ほぼ十歳くらいの人間の子供である。

嬉《うれ》しいのは、「おさるのジョージ」に、僕の大好きなシットコムの匂いを感じること。悪気はないのに、いつも周囲を混乱に巻き込んでしまうトラブルメーカーの主人公。どんなにエピソードを重ねても、主人公もサブキャラクターも、まったく成長する気配を見せない。それはまさに、「奥さまは魔女」や「アイ・ラブ ルーシー」といった往年のシチュエーション・コメディー（シットコム）の基本パターンである。ジョージは全裸のルーシー。黄色いおじさんは、魔女のサマンサにいつも振り回される、黄色いダーリンだ。

「りんごりんごりんご」というエピソードでは、郊外の無人ジュース工場に紛れ込んでしまったジョージが、それが全自動ジュース製造機であることを知らずにスイッチを入れ、無自覚のままに大量のリンゴをジュースに加工、瓶詰にしてラベルまで貼ってしまうという、かなりアクロバティックなストーリーだ。何の機械か分からず、急に動き出したのでパニックになりつつ

も、奇跡的に正しい工程でジュースを作ってしまうジョージは、まさにシットコムの主人公。「Mr.ビーン」を思わせるはじけぶりである。アニメを観て、声を出して笑ったのは初めてだった。「おさるのジョージ」のもうひとつの特色は、物語が常に理数的であること。ジョージには科学者としてもっとも大事な「トライアル・アンド・エラー」の精神が流れている。

これまたジュースにまつわるエピソードだが、「ジューシージュース」では、道端で買って飲んだ「ミックスジュース」の味が忘れられず、家に帰ってなんとかそれを再現しようという、ただそれだけのお話。ジョージは試行錯誤を繰り返し、少しずつ少しずつ「その味」に近づいていく。作る度に、どんな素材をどんな配分で入れたかを、ちゃんとメモするあたりも、実に科学的だ。子供たちは、ジョージの冒険を観ながら、いつしか「科学的に」「論理的に」物事を考えることを学んでいくのである。

「おさるのジョージ」で育った子供たちの中から、笑いのセンスに満ちた偉大な科学者が誕生する日を、楽しみに待ちたい。

最新の歴史研究が支えに

大河ドラマ「真田丸」（二〇一六年一月十日〜十二月十八日放送）。今週と来週は豊臣秀吉の小田原征伐。北条氏の滅亡をじっくり描いている。

今回は時代考証の話。「真田丸」には黒田基樹さん、平山優さん、丸島和洋さん、佐多芳彦さんという戦国史の専門家が時代考証・風俗考証のスタッフとして加わっている。皆さん、その道ではトップクラスの人たちだ。

正直に言って、僕の歴史知識は一般レベル。「賤《しず》ケ岳《たけ》の七本槍《しちほんやり》」を六人までは言えるけど、平野長泰が思い出せない、その程度だ。

そんな僕が書いた台本を、時代劇に精通したプロデューサーたちと時代考証スタッフの面々が、がっちりサポートしてくれる。最新の学説を元に、既成の概念を打ち破る戦国ドラマを作ろうと、皆さん、気合満々。

僕は台本を書きながら、歴史的に分からないことがあったら、プロデューサーに相談。例えば、関ケ原の合戦の時、石田三成の挙兵の知らせはどうやって真田昌幸に伝わったか。伝令が走ったのは想像出来るが、この時、昌幸は上杉征伐に向かっている最中。どこにいるか分からない相手に、緊急の密書を送る時、当時はどうしていたか。小説なら「昌幸の元に三成から密書が届いた」の一行で済むが、ドラマは具体的なことがはっきりしないと、何も書けない。

書き上げた初稿を元に、考証会議が行われる。僕は次の回を書いているので、参加はしない。先生たちのチェックが入り、さらにそれを元に第二稿を書く。その作業を何度も繰り返しながら、決定稿に近づけていく。

ドラマでは真田信繁は秀吉の馬廻《うままわり》衆（いわゆる護衛）を務めている。専門家から歴史の捏造《ねつぞう》だと指摘されたが、これは決して僕の創作ではない。馬廻をしていた事実は、つい最近になって分かったこと。歴史は日々成長している。

小田原征伐で、信繁を活躍させたいと思った。この戦に参加しているのは確かだが、どんな役目を果たしていたかは、定かではない。そこで、「北条氏政に降伏を促すため城に潜入」というエピソードを思いつく。だが実際は降伏の交渉をしたのは黒田官兵衛。史実は曲げられない。

官兵衛は秀吉の命を受けたオフィシャルな交渉係。その裏では、徳川家康らも密《ひそ》かに開城交渉をしていたらしい。官兵衛とは別に、信繁は家康の命令で非公式に氏政に会うというのはどうか。考証の先生たちの意見を踏まえ、プロデューサーが考えてくれた。

では、なぜ家康は信繁に託したのか。そこからは僕の仕事。その前の回で、秀吉の前で信繁と舌戦を繰り広げた、北条の外交担当板部《いたべ》岡《おか》江雪斎《こうせっさい》と、家康の軍師本多正信を思い出す。信繁の知恵と度胸に惚《ほ》れ込んだ彼らが動いたことにしよう。こうしてようやく物語が動き出す。そんな感じで毎回やっています。

複数の交渉が同時に行われていたことは、あまり知られていないので、官兵衛ファンの方は、信繁が手柄を横取りしたとお怒りかもしれませんが、そうではないのです。描かれていないだけで、ちゃんと官兵衛も頑張っているのです。

原点だった「アマデウス」

ピーター・シェーファーが亡くなった(二〇一六年六月六日没)。イギリスの劇作家。決して多作な人ではなかったが、粒揃《つぶぞろ》いの名作を残している。

一般的に有名なのは「アマデウス」だろう。演劇ファンの間では、馬の目を潰した少年と精神科医の物語「エクウス」や、ペルーを征服したスペイン人ピサロを描いた「ザ・ロイヤル・ハント・オブ・ザ・サン」の作者としても知られている。コメディー好きには、停電中の人間模様を描いた「ブラック・コメディ」、映画ファンには、若き日のミア・ファローがたまらなくキュートな「フォロー・ミー」がある(元になった戯曲も、映画版の脚本も書いている)。

どの作品も、どこか推理小説に似た「謎解き」の趣向があり、そんなところが、僕は大好きだ。

ピーターより五分早く生まれたといわれる、双子の兄、アンソニー・シェーファー。この人も劇作家兼シナリオライターで、演劇とミステリーの幸せな融合「探偵スルース」を書いた人。ヒチコックの「フレンジー」の脚本や、クリスティ原作の「ナイル殺人事件」「地中海殺人事件」といった映画の脚色もやっている。「オリエント急行殺人事件」のシナリオにも関わっていたと言われているが、本当だろうか。

兄弟揃ってミステリーが好きだったのだろう。弟の方がより人間ドラマ志向、兄の方がよりエンターテインメント志向。二人で合作して、ピーター・アントニイというふざけた名前で「衣《い》裳《しょう》戸棚の女」という推理小説も発表している。名探偵ヴェリティ氏が登場するこのユーモアミステリーは、かなりぶっ飛んでいて、ラストの謎解きには啞《あ》然《ぜん》とさせられた。アンソニーは十五年前に亡くなっている。

ヴォルフガング・アマデウス・モーツァルトの死の真相に迫る、ピーターの代表作「アマデウス」。映画版の脚色も本人がやっており、舞台版も映画版も傑作という希《け》有《う》な作品だ。映画のクライマックス。死を前にしたモーツァルトが構想中の「レクイエム」を口ずさみ、ライバル作曲家のサリエリがそれを必死に楽譜に書き留める。サリエリは、モーツァルトを追い詰めたのが自分であるにもかかわらず、彼の口から流れる調べに感動し、それを書き留める喜びに打ち震える。映画史に残る名場面だと思うが、これは映画版のオリジナルで、元の舞台にはない。

大学の時に舞台版に出合い、卒業してから映画を観《み》た。観客の目の前で「名作」が作られていく、あの名シーンがなぜ舞台版にないのか、不思議でならなかった。あれは絶対舞台でも成立する感動。戯曲を書く時に、ピーターが思いつかなかったのか。

どうしても、あのシーンを舞台で観たい。ピーターが舞台版を書き直す様子はない。そこで僕は、自分で作ることにした。自分なりに「アマデウス」を組み立て直し、例のシーンだけを膨らませ、時代を昭和十五年の日本に置き換え、二人の作曲家を劇作家と検閲官にし、「レクイエム」を喜劇の台本にして、一本の作品を作った。「笑の大学《わらい》」というお芝居です。

笑顔の定食屋の「ズレ」

昼間、家で原稿を書いていたら、急に白いご飯が食べたくなった。

近所の商店街にある、いつもは素通りする小さな定食屋に入ってみた。木製の看板に書かれた「家庭の味」という手描きの文字が、食欲をそそる。

ガラガラガラと引き戸を開けて中に入ると、まだ昼前だったせいか、小さな店内にお客さんはいない。「いらっしゃい！」と元気よく迎えてくれた割烹着《かっぽうぎ》姿のおばさんは、キャスティングするなら三崎千恵子さん（「男はつらいよ」シリーズのおばちゃん）。厨房《ちゅうぼう》の奥で黙々と煮物を作っているご主人は、往年の名優高品格《たかしなかく》さん（映画「麻雀放浪記」の出目徳）。なかなか良い雰囲気ではないか。混んだ時のことを考えて、カウンターの隅に腰掛けた。

「何にいたしましょう」と、おばさんがメモを片手にやって来る。こぼれるような笑顔が気持ちいい。店中にメニューが貼ってあった。さわらの西京焼きもいいな、肉豆腐も悪くない。へえ、

オムライスもあるのか。目移りするものばかりだが、ここは初心に帰ることにした。僕は白いご飯が食べたかったのだ。

「ええとですね、ご飯に、冷や奴《やっこ》と納豆でお願いします」

味噌《みそ》汁はサービスのようだが、百三十円追加で豚汁に換えられるらしいので、それもお願いした。

ご飯中心に考えたので、旅館の朝食のような組み合わせになった。これに焼き鮭《ざけ》が加われば完璧だが、そうなると主役が鮭になってしまう。今回は遠慮して貰《もら》った。

「ご飯は少なめで」

山盛りと言いたかったが、ジムのトレーナーに炭水化物を控えるように注意されていた。

店の内装も、働いている人も、メニューも、すべてパーフェクト。僕の理想とする定食屋さんがここにあった。料理も美味《おい》しいに決まっている。

「はい、お待ちどうさま！」

おばさんが威勢良くトレーを僕の前に置いた。なみなみと注がれた味噌汁が少しだけこぼれた。それもまた良し。

ご飯を見て驚く。どう見ても山盛りだ。これはサービスか。その隣にはなぜか頼んでいない卵。その代わり、納豆が見当たらない。そして味噌汁はどう見てもワカメしか浮かんでいなかった。百三十円プラスして頼んだ豚汁はどうなった。まともに来たのは冷や奴だけだ。

おばさんに言うべきか。だが、店の奥から嬉《うれ》しそうに僕を見つめている彼女の姿に、クレームをつける気にはなれなかった。メモを取っていたはずなのに、なぜこんなことに。

ご飯そのものは美味しかったし、結果的には満足ではあった。だが支払いで、味噌汁の代金がプラス百三十円になっていた時は、さすがに言いたくなった。それでも彼女の笑顔を見て考えを改める。百三十円は戻ってきたとしても、おばさんの笑顔は確実に消える。その微笑《ほほえ》みは百三十円以上の価値があった。

「ごちそうさま」と僕は店を出た。背後で「またどうぞ」という明るいおばさんの声が響いた。

「また来ます」と僕は満面の笑みで答えた。

半年経て「ヒゲよ、さらば」

　半年間伸ばしていたヒゲを剃《そ》った。理由は簡単。暑かったからだ。最近は、顔中が頭みたいな感じになっていたし、汗が中に溜《た》まるのが分かった。このままいけば、年末にはリアルサンタさんになるか、という期待もあったが、我慢の限界でした。

　剃ろうと決意した理由は他にもある。かつては、草木を育てるように、ヒゲを育む楽しみがあった。それが、三カ月を過ぎた頃からなくなってきた。ヒゲなしからの最初の三カ月間の、劇的な顔の変貌《へんぼう》に比べれば、次の三カ月はあまり目立った変化はない。生え放題だとあまりにむさ苦しいので、少しずつ手入れをしていたこともあったが、このところ、見た目は安定期に入っていた。そのため、この先、どうなるのだろうという期待が薄らいでしまった。ヒゲ面であることに、ときめきがなくなったのである。

　ひと思いに剃るのも面白くないので、とりあえず鼻の下だけ残してみた。左右をピンと伸ばした形に整える。いわゆるカイゼルヒゲ。軍人のようだ。もしくはエルキュール・ポワロ。ないしはその日本版の勝呂《すぐろ》武尊《たける》。普通にしているだけで尊大な男に見える。調べたところ、あのカチカチに固めたヒゲは、昔は卵の白身を塗って乾かしていたらしい。専用のワックスもあるようだが、いずれにしても面倒なのは間違いない。

次に左右の部分を落として、ブラシのような形に整えてみる。ボックスカーというらしい。夏目漱石や野口英世といった明治の風情が顔によぎる。

僕としては結構気に入ったので、これでしばらく過ごしてみた。表を歩くと、ちょっとした変装気分に浸れる。サングラスを掛けた時と同じ感覚だ。しかし妻には「申し訳ないけど胡散《うさん》臭い」と、ばっさり切り捨てられた。確かに自分でも感じていた。もちろん僕の顔にマッチしていないのが原因だが、ヒゲを蓄えて分かったことがある。顔全体を覆う山賊ヒゲの場合は、ワイルドを演出しているようにも見えるし、ただの無精にも見える。この、「ただの無精にも見える」というのが、大事なのだ。「これはたまたまこうなっているだけですよ」の可能性を残すのだ。

漱石ヒゲの場合は明らかに手入れをしている。そこにほのかな自意識が感じられる。少なくとも僕の場合はそうだった。「どう、似合う？」とヒゲが連呼している。胡散臭さの源は、恐らくそこにあるようだ。

最後に、左右をもっと剃り落として、ちょびヒゲにしてみた。ヒトラー、チャプリン、加トちゃん。これは強烈。日常で、このヒゲを生やしている人を見たことがない。自意識を通り越して、悪ふざけである。試しに表に出てみたが、道行く人の視線が気になり、走って帰宅。すぐに剃り落とした。

半年で終わりを告げた僕のヒゲ人生。前からヒゲ男が歩いてくると、互いに意識し合い、そこに不思議な連帯感が生まれ、「いろいろ大変だけど、がんばろうな」と目で誓いあったあの日々は、もう帰ってこない（三カ月あれば、戻ります）。

関白・秀次の最期を思う

大河ドラマ「真田丸」は後半戦に入っている。今は、いわゆる「秀次事件」の顚末《てんまつ》を追っているところだ。

関白豊臣秀次は、秀吉の姉の長男だ。小学生の頃に、歴史漫画などで知った秀次の印象は、粗野で暴力的。今でいうところのサイコパス。いわゆる「殺生関白」のイメージそのものであった。残っている肖像画も、目は怖いし頰がやけに張っているし、もみあげも独特だし、不気味さを強調している。

歴史ドラマでは、秀次が極悪人として描かれることはあまりない。有能ではないが、人当たりのよいお坊ちゃん気質。一時は秀吉の後継者となったが、秀吉の息子秀頼が誕生したことで、立場が危うくなる。酒に溺れ、自暴自棄になって悪行三昧《ざんまい》を繰り返し、ついには切腹に追い込まれる、というパターンが多い。最終的には彼の中の残虐な性格が露《あら》わになり、「殺生関白」として

死んでいく。
　そもそもこの「殺生関白」（今、気付いたけど、これって「摂政関白」の洒落《しゃれ》なんですね）は間違いだという説がある。彼の「死」を正当化するために、秀吉とその側近が捏造《ねつぞう》したというのだ。存在自体が邪魔になった秀次を、強引に切腹に追い込み、「悪い奴《やつ》だから切腹させました」としてしまったのではないか、というもの。
　だとしたら、四百二十年以上も前に作られた負のイメージが、現代でも定着し、一小学生が信じていたということになる。これはちょっと怖い。
　ところが最近の研究では、さらに違う説も出ている。歴史学者矢部健太郎さんの著書『関白秀次の切腹』によれば、秀次は切腹に追い込まれたのではなく、自ら死を選んだのではないか、というのだ。秀吉は甥《おい》の秀次を死なせるつもりはなかったし、秀次に死ななければならない理由もなかったという新しい見方だ。

新しい説がすべて正しいとは限らないが、ドラマを書くに当たり、自分の「豊臣秀次」がどんな人間なんだろうと考えた時、僕にはこの説が一番しっくりきた。当事者たちのほんのちょっとした思いの「ずれ」が、取り返しのつかない悲劇を生んでしまうというのは、とてもリアルだ。

僕は歴史研究家ではないので、史実との細かいすり合わせは、スタッフや時代考証の先生方にお任せしている。しかしそれ以前に、ドラマの設定のどこかに無理があると、台詞《せりふ》が浮かんでこない。頭の中で人物が動いてくれない。精神を集中して当時に思いを馳《は》せ、必死に秀次に自分を重ね合わせ、心の中の彼に、なぜあなたは死ななければならなかったのか、と問い続けた結果、なによりも腑《ふ》に落ちたのがこの解釈だった。腑に落ちた瞬間、秀次が、秀吉が、そして真田信繁ら周囲の人々が僕の頭の中で生き生きと動きだした。

ドラマでは新納《にいろ》慎也さんが、繊細な演技で新しい秀次像を演じてくれている。自分の知っている「史実」と違う！　と憤る方もいらっしゃるかと思いますが、こういう説もあるということを（そして脚本家はこれが「史実」に一番近いと思っていることを）知って頂けたら、嬉《うれ》しいです。

38年ぶりの呂宋助左衛門

真田信繁（幸村）は、人生の大半が謎に包まれている。彼が歴史に本格的に登場するのは、「大坂の陣」から。言わば最晩年だ。ある意味、脚本家泣かせの主人公なのだが、そんな彼だからこそ、知恵をしぼり、想像力を駆使して、一年にわたる長い物語を紡いでいく楽しみもある。

最新の研究で、信繁が若い時に豊臣秀吉の馬廻《うままわり》衆を務めていたことが分かった。いわゆる側近。秀吉が栄華を極めていた時代、そのすぐ近くに彼がいた、というのは、かなり刺激的だ。そこから大河ドラマ「真田丸」の中盤は、「信繁から見た太閤とその一族」をテーマにしようと決めた。

そして、当時大坂周辺にいた歴史上の有名人たちを、信繁に接触させる。そうすれば視聴者の皆さんにも、あの時代をのぞき見しているような気分を味わってもらえるのではないか。豊臣秀次、千利休、出雲《いずものお》阿国《くに》、吉野太夫《だゆう》、そして豪商呂宋《るそん》助左衛門。

僕がもっとも夢中になった大河ドラマ「黄金の日日」の主人公だ。高校二年生だった僕は、

「黄金〜」が放送されていた一九七八年を、助左衛門（通称助佐）と共に駆け抜けたような感覚でいる。

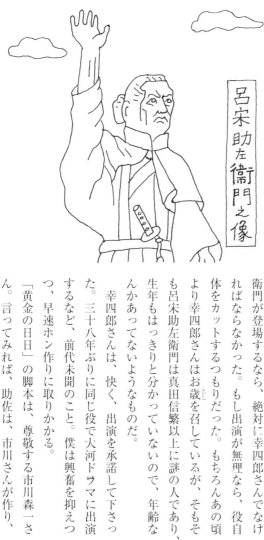

　演じていたのは九代目松本幸四郎さん（二〇一八年一月に二代目松本白鸚《はくおう》を襲名、当時は六代目市川染五郎さん）。だから今回も、呂宋助左衛門が登場するなら、絶対に幸四郎さんでなければならなかった。もし出演が無理なら、役自体をカットするつもりだった。もちろんあの頃より幸四郎さんはお歳《とし》を召しているが、そもそも呂宋助左衛門は真田信繁以上に謎の人であり、生年もはっきりと分かっていないので、年齢なんかあってないようなものだ。

　幸四郎さんは、快く、出演を承諾して下さった。三十八年ぶりに同じ役で大河ドラマに出演するなど、前代未聞のこと。僕は興奮を抑えつつ、早速ホン作りに取りかかる。

「黄金の日日」の脚本は、尊敬する市川森一さん。言ってみれば、助佐は、市川さんが作り、幸四郎さんが肉付けしたキャラクターだ。「黄金〜」のＤＶＤを観直《みなお》し、「市川さんならどう書く」と自問自答しながら、助佐と信繁が出会うシーンを書いた。撮影も見に行きたかったのだが、僕一人が現場で盛り上がっていても、他のスタッフに冷ややかに見つめられるだけなので、さすがにそこは遠慮した。

自宅でオンエアを観た時、不思議な感覚に襲われた。自分の大河ドラマに、憧れの大河ドラマの主人公が出ている。とても現実とは思えない。幸四郎さんは、わずかな出番ではあったが、堂々たる風格で、助佐を演じて下さった。衣装は、「黄金〜」のスタッフの方がまだ現役で、当時の衣装を再現して下さったそうだ。

「黄金〜」を知らない若い視聴者からすれば、このとてつもない存在感を放つ船乗りは何者だ、と思ったかもしれない。そんな人は、ぜひＤＶＤで「黄金〜」を観て下さい。助佐がそれまでに辿《たど》った人生を知ることが出来ます。

復活した助佐を観ていて確信した。僕より才能のある脚本家は山ほどいると思うが、僕以上に幸せな脚本家は他にいないのではないだろうか。

男臭いぞ「特攻大作戦」

種明かしをすれば「真田丸」の脚本は、僕がこれまで観《み》てきた多くのドラマや映画が下敷きになっている。

秀吉とそれを取り巻く側近たちの関係は、森繁久弥さん主演の東宝映画「社長シリーズ」が原点。落書き事件の犯人をでっちあげ、秀吉を欺いた信繁たちの行動には、早坂暁さん脚本の傑作ドラマ「天下御免」に流れる、権力に対する飽くなき反骨精神を重ね合わせた。秀吉のために伏見城の普請に乗り出す真田昌幸の心意気は、デヴィッド・リーン監督「戦場にかける橋」において、日本軍のために橋を架けるニコルソン大佐のそれと同じだ。

今は、物語の終盤「大坂の陣」編を書いている。全国から集まった牢人《ろうにん》たちが力を合わせ、徳川軍と戦う、一年のクライマックスだ。常に傍観者であった信繁が、遂《つい》に主役に躍り出る。これまで培ってきた経験、そして多くの人々から学んだ教えを糧に、信繁は徳川家康との決戦に挑む。

関ケ原の合戦で反徳川派についたために、居場所を失った牢人たち。信繁は、バラバラな個性の彼らをまとめ上げ、最強のチームを作り上げるのだが、このシチュエーション、何かに似ている。ロバート・アルドリッチ監督の戦争アクション映画「特攻大作戦」（一九六七年）。第二次大戦中、囚人たち十二人で結成された特殊部隊が、ドイツ軍が占領する古城を襲撃する。彼らを統率し、一流の兵士に育て上げるライズマン少佐と信繁が重なる。何かのヒントが得られるかも知れないと、早速DVDで観返した。

この「特攻大作戦」。なによりキャストが凄《すご》い。少佐を演じるのがリー・マーヴィン。男前のゴリラのような面構えは、一度見たら忘れられない。強面《こわもて》のわりにスタイリッシュな体形で、カッコイイのか悪いのかよく分からない。

そして集められた囚人たち。「大脱走」のキャラそのままのチャールズ・ブロンソン、どう考えても銃を持たせたらやばそうなテリー・サヴァラス、とても後年映画監督として名を馳《は》せるように思えない凶悪犯顔のジョン・カサヴェテス。曲者俳優ドナルド・サザーランドも初々しい姿を披露している。

これほど男臭い映画も珍しいのではないか。僕のお気に入りはブロンソン。ベランダから垂れたロープを引き上げる姿が、これだけ絵になる俳優はそうはいないだろう。

骨太映画が得意だったアルドリッチ監督の面目躍如といった作品で、編集ががさつだったり、ストーリー的にもどうかと思うシーンもあったが、「そんなこと関係ねえんだよ、映画にはもっと大事なものがあるんだ！」と監督に耳元で声高に叫ばれているような気分になる。

終盤の戦闘シーンは圧巻。次から次とやってくるピンチに、思わず「危ない！　逃げろ！」と叫んでしまう大迫力だ（比喩ではなく、本当に叫んでしまいました）。

残念ながら、「真田丸」の参考にはまったくならなかった。しかし、執筆に追われ行き詰まっていた僕にとって、大いなる刺激になった。面白い映画って、やっぱり面白いんだなあ。

息子と「サンダーバード」

息子が二歳二カ月にして、「サンダーバード」にはまっている。

「サンダーバード」は、架空の国際救助隊の活躍を描く、SFドラマだ。僕が小学校低学年の時に、日本でも大ヒットして、僕より上の世代の人たちは、恐らく誰でも「サンダアアアバードオオオ」で始まるテーマ曲の冒頭は歌えるのではないか。

「サンダーバード」の特徴は人形劇であるということ。しかしメカに関しては驚くほど緻密《ちみつ》に作られていて、今観《み》ても、ため息が出るほど（ちなみに最近リメイクされている）。僕は小学校低学年の時にすっかりはまり、家にはプラモデルが溢《あふ》れていた。子供たちの憧れであった「サンダーバード・秘密基地」を親に買ってもらった時は、この人たちに一生ついていくと、心に誓ったものだ。

ミニチュア版の「きかんしゃトーマス」が大好きな息子のことだから、きっと「サンダーバード」にもはまってくれるに違いないと、試しにＤＶＤを観せてみる。それがそもそもの始まりだった。

五十分の長尺だし、人形劇とはいえ、決して子供向けの内容ではない。今回改めて観て、シナリオの見事さに、驚いたくらいだ。息子は、最初こそ、人形たちの不自然な動きに「おもちろい」と単純に笑い、主人公たちの大人びた顔を見て「どうしてみんな、おじいさんなの」と子供らしい疑問を投げかけていた。

しかし物語が進み出すや、たちまち画面に集中。「この人は悪い人なの？」とか「どうしてすぐに助けてあげないの？」と物語の核心に迫る質問を矢継ぎ早に繰り出しながら、一気に最後まで観てしまった。大団円のラストシーンが終わると、顔を見合わせて「良かったね」。完全に彼は「サンダーバード」にのめり込んだ様子だった。

このところ、わが家の朝は、息子の「さんだ

あばあどおおお」のテーマ曲独唱で始まる。「宇宙」も「SOS」も「この世の幸せ」も、まだ
意味が分かっていないはずなのに、完全に耳でコピーして、ほぼ正確に、朗々と歌っている。
お気に入りのメカを尋ねると、サンダーバード2号と即答。ファンの方なら、分かって貰《もら》える
と思うが、やはりサンダーバードといえば2号なのである。ずんぐりむっくりの体形ながら、お
腹《なか》に格納庫を積んでいて、その中に様々な機材や乗り物を積んで、現場まで運ぶ。言わば輸送機
なのだが、ギミック（仕掛け）が多く、マニア心をくすぐるのだ。二歳の幼児も夢中にしてしま
ったのだから、相当なものである。

彼を見ていると、どうしても幼かった自分と重ねてしまう。なにも父親と同じ道を進んで欲し
いと願っているわけではないが、今のところ、彼が好むものは、僕がかつて夢中になっていたも
のと完全にかぶっている。今日観たエピソードを、ベッドの上で夢中になって再現してくれる息
子を前に、僕は胸を熱くする。

今、彼の夢はもちろん「サンダーバード」に入隊し（正確には国際救助隊だが）、「サンダーバ
ード2号」と一緒に写真を撮ることだそうです。

ハートが並んでいた劇場

渋谷パルコの九階にあったパルコ劇場が、建物の老朽化に伴い、閉鎖された（二〇一六年八月七日）。三年後には新しく生まれ変わるそうだが、かつて「西武劇場」と呼ばれていたあの空間は、なくなる。

ニール・サイモン作、杉浦直樹・石立鉄男主演「おかしな二人」（演出福田陽一郎）を学生時代にこの劇場で観《み》て、僕は喜劇作家になる決意をした。大事な思い出の場所だ。

僕自身、何本も作品をここで上演してきた。ここ数年は、だいたい年に一本は新作、ないしは再演、たまに翻訳劇で、お世話になった。客席数・四百五十八という、大きすぎず小さすぎないスケール感が、僕の作る作品に合っていた。渋谷の公園通りにある劇場という、ちょっと大人のイメージも、僕好み。そこは決して「芝居小屋」ではなく「劇場」であった。大人が楽しめるコメディーがよく似合った。

客席の椅子の赤い背もたれが長年の間に、お客さんの背中で擦れてしまい、その跡がハート形になっている、だから無人の客席を舞台上から眺めると、沢山《たくさん》のハートが並んでいるように見える、というのは演劇関係者の間では、有名な話。観客の背中で背もたれが擦れるというのが、いかにも劇場らしいエピソードだし、なんとなくロマンチックなところもあって、パルコ劇場にぴったりだ。

劇場のスタッフから聞いて驚いた。このハートマークを最初に発見したのが僕、ということになっているらしい。たぶん違うと思う。僕はそういうところに目が行く人間ではない。

確かに、初舞台を踏んだ俳優さんたちを、公演の合間にステージに呼んで、ハートマークを見せては得意げに説明したことは何度もあった。でも、僕も遠い昔、誰かにそうやって得意げに説明されたような気がする。あまりに遠い昔なので、それが誰だったのか覚えていない。「皆、三谷さんだと思ってますよ」とスタッフに言われたので、「ではそういうことにしておいて下さい」と答えておいた。都市伝説というのはこうやって作られていく。

十七年前（一九九九年）、松本幸四郎（二代目松本白鸚）さん主演の「マトリョーシカ」という舞台を、この劇場で上演した。ある時、劇団仲間だった小林隆（こばさん）と、幸四郎さんのお嬢さんの松たか子さんが、同じ日に観に来ることが分かった。こばさんが松さんの大ファンであることを知っていたものだから、スタッフにお願いして二人の席を隣同士にして貰《もら》った。

開演前に客席で緊張しまくっているこばさんを、舞台下手の照明機材置き場の陰からそっと観察、これが縁で二人が結ばれますように、と切に祈ったことが、一番の思い出である。祈りは通じなかったが。

先日、お別れパーティーが劇場であった。多くの演劇人、劇場関係者が集まり、名残を惜しんだそうだ。僕は行かなかった。

顔を出さなかったことで、僕の頭の中には、今も渋谷のあのビルの九階に、あの劇場がある。僕が足を運ばないだけで、「パルコ劇場」は今もあそこに存在している。

尊敬します「悔し笑い」

リオオリンピックが終わった（二〇一六年八月五日〜八月二十一日）。大河ドラマの執筆に追われて、中継はほとんど観《み》ることが出来なかった。大好きな開会式さえもスルーしてしまった。メダルラッシュということで、選手の皆さん、おめでとうございます。特に体操男子団体金メダルは、アテネ五輪以来十二年ぶり。その年、僕は最初の大河「新選組！」を書いていた。僕が大河を書くと、体操団体が金を獲《と》るのだとしたら、もう一回くらい書いてもいいような気がします。

マラソン女子の福士加代子選手。青木さやかさんの顎《あご》を少し削ったような風貌《ふうぼう》。いつも明るくて、試合後のインタビューでは、必ず面白いコメントを残す。数々の結果を出しているので、もちろん大変な努力を重ねてきているのだろうが、この方には、悲壮感が感じられない。「好きなことは、走ることと、周囲を楽しませることです！」と宣言しているような笑顔。

今回のオリンピックでは、十四位という残念な結果に終わった。試合直後のインタビューで

「金メダル獲れなかったああああ」と、悔しそうに、しかし笑いながら叫んだ福士さん。じめじめしていなくて、さすが。世の中には「悔し泣き」ならぬ「悔し笑い」というものがあるということを、彼女から教わった。

ところが、この時の態度が不真面目だと、バッシングが起こっているという。驚いてしまった。なにがいけないというのだろうか。

「力足らずで入賞出来ませんでした。悔しいです。また一から頑張ります」と涙を流せば良かったのか。確かに「金メダル獲れなかったああああああ」は、あっけらかんとし過ぎていたかもしれない。でもそれが彼女の良さ。決して手を抜いたわけでもないし、ふざけて走ったわけでもない。ゴール直前で「欽ちゃん走り」でもしたのなら、問題だろうけど。これが目くじら立てることなのか。

福士さんは、かつて記録を更新した時の喜びを「乳首三つ分」と表現した。乳首一つがどれくらいの喜びに値するのか不明なので、もうひとつピンと来なかったけど、尋常ならざる嬉《うれ》しさだったことは推察出来る。オリンピックに出られるかどうかが決まる、大事な大会で優勝した時は「リオ決定だべ」。照れ屋さんなのだろう。真面目なことを普通に言う気恥ずかしさ。それに、何か面白いことを言わなければ気が済まない性分が加わり、こうした数々のコメントになるのではないか。

これって実はとても勇気のいること。不謹慎だと怒る人、またスベったと嘲笑する人、ここぞとばかりに叩《たた》こうとする人が世の中には沢山《たくさん》いるわけで、それを分かった上で受けて立つ度胸たるや。無難なことを言うほうがどれだけ気が楽か。僕もそれに近い性質を持っているから、この気持ちはとてもよく分かるのです。

しかも福士さんの場合は、オリンピックという日本中が注目している晴れ舞台。そこで、当たり障りのない言葉に逃げない素晴らしさ。それも四二・一九五キロを走り抜けた直後に！

僕は彼女を心から尊敬する。

石田三成の「ミニ関ケ原」

大河ドラマ「真田丸」は、関ケ原の戦いに差し掛かっている。これ以降は、歴史上有名な事件が目白押しだが、脚本家としては、悩みどころ。最新の時代考証に基づいた、新しい解釈があるなら別だが、僕としてはお馴染《なじ》みのシーンはあまり描きたくない。へそ曲がりと思われようが、書いていて楽しくないからだ。

例えば本能寺の変において、「人間五十年～」と舞いながら謡う織田信長。何度となく観《み》てきた場面。だから「真田丸」では、僕はあえて省略した。もちろん、名場面を楽しみにしている視聴者がいることも確かで、彼らにしてみれば、僕はとても不親切な脚本家ということになる。このさじ加減が非常に難しい。

豊臣秀吉が死んでから関ケ原の戦いを経て、石田三成が処刑されるまでの流れも、大河ドラマでは定番。今回は、違うアプローチで行きたい。とはいえ「真田丸」では三成は重要なサブキャ

ラクター。まるっきり省略するわけにはいかない。そこで、この時期の三成がらみのエピソードで、これまであまりドラマでは描かれて来なかったものはないかと、調べてみた。

格好の事件がありました。それが二十一日（二〇一六年八月）にオンエアされた「徳川家康襲撃未遂事件」。

事件が起きたのは、一五九九年一月二十一日。秀吉の死が公表されてからまだ一月も経たない頃である。実は僕も知らなかった。歴史研究家にとっては有名な出来事なのだろうが、ドラマにはなかなか出てこない。三成を加藤清正たち七将が襲った一件の方が有名で、両方描くと、ちょっとくどくなるから、こっちはスルーされてきたのだろう。でも、今回調べてみて分かった。これはこれで伏見を揺るがした大事件なのである。なにしろ徳川派と反徳川派が、伏見の街の真ん中で武力衝突しかけた、ミニ「関ケ原の戦い」なのだから。

改めて最近の大河を観直すと「天地人」では、この事件を採り上げていた。しかし今回のように一話丸々使って描いたのは、大河史上初めてではないか。

知られざるエピソードを、史実を基に、独自の解釈も入れながらドラマ化する喜び。しかも、本当の関ケ原の戦いでは、三成の味方となる大谷刑部《ぎょうぶ》や真田昌幸が、なぜかこの時は徳川方に付いているのだ。どうしてこんなことになったのか、想像しながら物語を組み立てる作業はとても楽しかった。まさに大河ドラマの脚本を書く醍醐味《だいごみ》がここにある。演出は若手の土井祥平さん。最初から最後まで空気が張り詰め、ダレる瞬間もなく、とてもスリリングなドラマに仕上げてくれた。

マイナーな出来事なので、僕が史実を捏造《ねつぞう》したと思っている視聴者も多かったみたい。それがちょっと残念。毎度のことながら、僕の「喜劇作家」というイメージが悪い影響を与えている。

さてこの先、関ケ原の戦いがドラマ化される時、この事件が登場するかどうか。脚本家の皆さん、僕の創作ではないので、いくらでも書いて下さって大丈夫ですからね。

疲れを癒やす面白映画

「真田丸」執筆もいよいよ大詰め。面白い物語を作るためには、面白い物語に囲まれて過ごすのが一番。執筆に疲れたら、往年の傑作映画を観《み》るようにしている。

「ナバロンの要塞《ようさい》」の監督はJ・リー・トンプソン。一九六一年製作の冒険アクション映画だ。最近の映画に比べるとテンポは緩いが、ドラマとしての面白さはまったく色褪《いろあ》せていない。アクション小説の名手アリステア・マクリーンの原作が、そもそも素晴らしいのだが、映画の脚本も無駄がなく、手に汗握る展開で二時間半の長丁場を一気に駆け抜ける。脚色はカール・フォアマン。「戦場にかける橋」「真昼の決闘」も手がけていて、面白い映画とは何かを熟知していた人なのだろう。

余談だが、このカール・フォアマンがスターリング・シリファントという、これまた「ポセイドン・アドベンチャー」や「マーフィの戦い」といった面白映画の脚本を手がけた才人と組んで

「世界崩壊の序曲」という映画のシナリオを書いたのだが、これがどれだけ面白いかといえば、まったく面白くない。映画ってやはり難しいものだな、とつくづく感じ入る次第です。

「ナバロンの要塞」の魅力は、なんといっても登場人物の造形。第二次大戦中、地中海に浮かぶナバロン島の巨大砲を破壊するために、工作員たちが派遣される。主人公にグレゴリー・ペック、その右腕にアンソニー・クイン、爆破の名人にデヴィッド・ニーヴン。この三人がとにかく完璧なのだ。役の個性と役者の個性が完全に一致している。

　誠実だが実は芯の強いペック、いざとなれば躊躇《ためら》うことなく敵を仕留める凄腕《すごうで》のクイン。そして皮肉屋だが熱い面も持っているニーヴン。観直してみて驚いたが、彼らは実はそれほど会話を交わしているわけではない。にもかかわらず三人の性格や関係性が手に取るように分かる。役者と演出の力。実は破壊工作員にしては三人とも歳《とし》を取りすぎ。実際は四十代なのだろうが、

見た目は初老に近い。ニーヴンに至ってはお爺《じい》さんだ（もともと老け顔だったが）。中井貴一と佐藤浩市と寺島進が戦争アクション映画に主演するようなもの。どこか危なっかしい。でも、だからこそ、いぶし銀の魅力がこの映画にはある。人間ドラマとしても十分観る価値があるのだ。ぜひ皆さんも機会があれば観て下さい。一本でいいから、こんな作品を作ってみたいものだ。

観る度に不思議なのが、もう一人の重要人物アンソニー・クェイルの存在。フジテレビの笠井アナとアンパンマンを足して二で割ったような童顔で、本来、彼がチームのリーダーなのだが、格好つけているわりには、とんでもなく足手まといなのだ。

後半、とても重要な役割を担うので、必要のないキャラだとは思わないが、そのお荷物具合が半端ない。そのくせ童顔なので余計腹が立つ。観ていてイライラするし、劇中の人物たちもイラついているように見える。なぜこんなキャラ設定にしたのか。なにしろ原作にはない役なのだ。ここは、名手カールにぜひ聞いてみたいところ。

荒野のガンマンは寡黙

大河執筆の合間に、かつての娯楽映画を観《み》ながら刺激を受ける毎日。ジョン・スタージェス監督の「荒野の七人」は、言わずと知れた黒澤明監督の「七人の侍」の西部劇版だ。

脚本家になってからきちんと観直したのは、初めてかもしれない。今回は、作り手の立場から観て、七人のガンマンのキャラ付けに驚かされた。

「七人の侍」と対比すると、リーダー勘兵衛（志村喬）、その右腕の七郎次（加東大介）、そして静かな剣豪久蔵（宮口精二）は、それぞれユル・ブリンナー、スティーヴ・マックイーン、ジェームズ・コバーンに移行。性格や役割はオリジナルに近い。暴れん坊の菊千代（三船敏郎）と若侍の勝四郎（木村功）が合わさってホルスト・ブッフホルツに。これも意外とうまく収まっている。

そして残りの三人。一番アメリカンな感じもしないではないムードメーカー平八（千秋実）の

ポジションは、ぶっきらぼうな武骨者（チャールズ・ブロンソン）に変更。ここになぜか子供に懐かれる設定が加わる。参謀格の五郎兵衛（稲葉義男）は、お金大好きな山師（ブラッド・デクスター）に。この人、まったく格好良くなく、新陳代謝が悪そうで、ガンマンの中に一人だけ、日曜日のお父さんが混ざっているように見える。しかも性格も悪い。本来は、二十人の中に一人くらいはいてもいいけど、七人のうちの一人というのは、ちょっときついタイプだと思う。

　そして菊千代と勝四郎の合体で一枠余り、新たに悩めるニヒリストというキャラで、ロバート・ヴォーンが加わった。彼だけがやたら苦悩していて、妙に浮いているなと思ったら、製作された前の年にヴォーンは「都会のジャングル」でアカデミー賞にノミネートされており、当時は演技派のイメージだったらしい。

　荒野版の七人。驚きなのがこの中でコバーンとマックイーンとブロンソンは三人とも無口ということだ。皮肉屋ヴォーンもたまに気の利いたことを言うだけ。つまり全体の約五七％が寡黙キャラなのである。マックイーンの役はそれほど寡黙ではないのだが、役者自身にそういうイメージがあるので、喋《しゃべ》っているわりには黙っている印象が強い。喋りキャラのうち、デクスターは金《かね》儲《もう》けのことしか言わないので、リーダーのブリンナーを除けば、ストーリーを進行させるために喋ってくれるのは、ほぼブッフホルツ一人なのである。

リアルに考えれば男七人揃《そろ》えば、その中の四人が無口というのは、そんなに不自然ではない気もするが、物語の世界ではかなり異質。脚本家は大変だったろう。だって会話にならないのだから。逆に考えると、こんなに喋らない人が多いのに、ちゃんとキャラ分け出来ているというのは、凄《すご》いことだが。

寡黙でも自己主張ははっきりしている荒野版七人。ブリンナーもクールで、「みんな大人なんだから好きなようにするがいい」的な、達観が垣間見《かいまみ》える。チームワークで見せる侍たちとは、かなりイメージが異なる。これがお国柄なのか、ガンマンと侍の違いなのかは、僕には分からない。

次は砂漠かジャングルで

この場を借りてお詫《わ》びを。

この度、大河ドラマ「真田丸」において、関ケ原の戦いをほとんど描かずにスルーしてしまい、一部の視聴者をがっかりさせるという事態を引き起こしてしまいました。ネットのニュースにまで採り上げられ、思わぬ反響に僕も驚いています。

確かに関ケ原の戦いの直接的描写はありませんでした。でも、それはこの「真田丸」という作品の特徴でもあります。主人公の真田信繁が見たり聞いたりした事《こと》以外は、極力描かない。それが僕の決めたルールです。それによって、戦国時代の空気感をリアルに表現したかった。

関ケ原の戦いの顚末《てんまつ》が、佐助の報告だけで片付けられた時、唖然《あぜん》とされた視聴者は多かったようです。でもその驚きは真田一族の驚きでもありました。天下を揺るがす大戦争が、わずか半日で終わるとは、この時、誰も思っていませんでした。勝利の美酒から一転して、一寸先は闇の世界へ放り出された昌幸・信繁親子の衝撃を、ぜひ皆さんにも追体験してもらいたい。それが、関ケ原スルーのいちばんの理由でした。

今回描かなかった部分はぜひ、皆さんが想像で補って下さい。それが出来るように、計算して

物語を構築してきました。小早川秀秋の裏切りに怒る石田三成の姿も、冷静に事態を捉え、そして死ぬ覚悟で秀秋軍に突っ込んでいく大谷刑部《ぎょうぶ》の勇姿《ゆうし》も、皆さんが頭の中で容易にイメージ出来るように、これまで細かく細かく、彼らの描写をしてきたつもりです。

ミニ関ケ原というべき「伏見徳川邸襲撃未遂事件」を丹念に描き、石田三成と大谷刑部の友情も、戦が始まる前にクライマックスを迎えさせました。これほど二人の関係を綿密に描いた作品も少ないのではないでしょうか。それもこれも視聴者の皆さんに、関ケ原そのものを観《み》ずして、関ケ原を観た気分になって欲しかったから。

視聴者が想像出来るものは描かない、というのが、テレビドラマを書く時の僕のポリシーです。それは決して手抜きではありません。むしろ手は込んでいます。

では、このお詫びは、一体誰に対してか。それは、今回、壮大なロケに参加出来ると楽しみにされていた大谷刑部役の片岡愛之助さん。前半ではいつも大坂城内の御文庫《おぶんこ》と呼ばれる小部屋にいて、ほとんど動きがなく、ようやく活躍の場が来たと思った矢先に病気になり（史実だから仕方ないのですが）、やっと戦場で大暴れ出来ると思ったら、そんなシーンは一切ない。ご本人もいたく落胆されているらしい。本当にごめんなさい。

これまで「覆面の武将」としてのイメージが強かった大谷刑部を、あそこまで凜々《りり》しく、格好良く演じて下さった愛之助さん。きっとこれからは多くの人が、大谷刑部の名前を歴史書の本で目にする度に、あなたの顔を思い浮かべるに違いありません。素晴らしい刑部をありがとうございました。そして、次はオールロケの映画でぜひご一緒しましょう。砂漠か、ジャングルあたりはいかがですか。

居心地悪い、憧れの存在

大学生の頃、伊丹十三《いたみじゆうぞう》さんと和田誠さんに憧れていた。仕事に憧れ、生き方に憧れ、自分もそんな風になりたいと思った。そんな風になれたかは疑問だが、その後、伊丹さんとは一緒に台本作りをする貴重な体験が出来たし、和田さんには毎週、エッセーに挿絵を描いて頂いている。

お二人に限らず、ずっと誰かに憧れる人生を送っている。自分が逆の立場になるなんて、考えてもみなかった。しかし長く同じ仕事をしていると、たまにそういう状況に遭遇する。

「三谷さんと仕事がしたくて、この世界に入りました」と、二十代のスタッフに言われたことがある。非常に心苦しい。自分は、憧れの対象になるようなタイプの人間でも脚本家でもない。申し訳ない気持ちでいっぱいになる。

レストランで若い店員から「三谷さんの『王様のレストラン』を観《み》て、この道に進むことにしました」と言われた。嬉《うれ》しくないわけはないが、どこかに違和感が残る。その人の中で、作品の

存在が大きくなり過ぎていて、僕とかけ離れてしまっている。

ある女性脚本家がテレビのインタビューで、なぜシナリオを書き続けるのかと問われ、「自分の作品で、誰かの人生が変わるなんて、素敵《すてき》なことではありませんか」と答えていた。そんな風に考える人もいるのか、と驚く。僕は舞台にしろテレビにしろ映画にしろ、観客（視聴者）に楽しんでもらえたら、十分だと思っている。結果、それで誰かの迷いや悩みが解決され、生きるヒントになったとしたら、もちろん光栄だが、それは決して目的ではない。今、放送されている大河ドラマだって、視聴者に「早く次回が観たい」と思って欲しいという、その一心で書いている。

その大河「真田丸」で、三本の演出を担当した若手ディレクターの渡辺哲也さん。中学二年で僕がシナリオを書いた映画版「12人の優しい日本人」を観てから、ずっと僕の作品を追いかけてくれていたという。そんな強い思い入れを、事前に周囲から聞いていたので、彼が演出をやると知った時には、正直、不安だった。出来れば打ち合わせで、僕に対する熱い思いを語らないで欲しいと、祈った。初めて会った渡辺さんは、緊張していたのかもしれないが、さほど熱量を感じさせない人で、少しほっとした。

驚いたことに、彼が担当したエピソードは、そのどれもが、僕が台本を書く時にイメージした通りに、映像化されていた。もし僕自身が演出したとしても、これほど正確に作者の意図を汲《く》んだものにはならなかっただろう。これはとても珍しいこと。そして脚本家にとっては、この上なく幸せなことだ。

もちろん、脚本家の思いを忠実に再現することだけが演出家の仕事ではないが、彼は今回、それに徹してくれた。渡辺さんは、僕の作品を熟知していた。見た目の熱量は低かったが、僕の作品に対する情熱は本物だった。憧れの対象になるのも、そう悪くはないと、初めて思った次第。

彼が中学の時に僕の作品に出会ってくれたことに、感謝します。

披露宴話題の引き出物

知り合いの披露宴に出席した。新郎新婦共に芸能関係者だったので、宴の様子など細かくテレビのワイドショーで紹介された。

話題になったのが、引き出物の中にあった水素発生器。コメンテーターたちの意見は、はっきりとは言わないまでも、「これはいらない」的なニュアンスで占められていた。そして必要ないものを引き出物とした新郎新婦の感覚を、遠回しに批判し、今風に言えば、ｄｉｓ《ディス》っていた。

異を唱えさせて頂きます。

では、貰《もら》って嬉《うれ》しい引き出物って何なのか。これまでの人生であなたは「うわあ、最高の引き出物だ。披露宴に出席して良かったなあ」と思ったことが何回ありますか。大抵の引き出物は、貰ってそんなに嬉しくないもののような気がする。むしろ頂いた物を囲んで、万歳している家族の姿を、僕はなかなか想像出来ない。極論すれば、引き出物に喜びを見出《みいだ》そうとすること自体が、間違いではないか。幸せになるべきは新郎新婦であり、出席者の幸不幸は、この場合、関係ないのだ。そう考えると、そもそも引き出物自体が悪《あ》しき習慣にも思えてくるが、まあそれはそれとして。

だいたい列席者全員が貰って嬉しいものなんて、世の中にあるのだろうか。しいて言えば現金だが、例えば、引き出物に五万円入っていたら、それはそれでなんだか馬鹿にされた気分になる。

人が嫌がるものでさえなければ、引き出物はなんでもいいと、僕は思っている。これがハムスターや文鳥だったりしたら、貰っても本当に困るし、その時は誰かが新郎新婦に注意すべきだ。

「水素発生器なんて、自分では絶対に買わない」という意見もあった。しかし、本来プレゼントとはそういうもの。自分では買わないからこそ、貰う意味がある。もし逆に「自分でも絶対に買う」ものが引き出物に入っていたら、それはもう既に自分で買っているわけだから、二個になってしまう。

正直、僕も今まで水素発生器が欲しいと思ったことは一度もなかった。どんな用途があるのかも知らなかった。そんな人は多いだろう。だからこそ、この水素発生器、引き出物としてのチョイスは間違っていない。しかも実際に新郎新婦が使って、かなり効果があったという。確かに目の前で見た新郎の肌はツヤツヤだった（新婦はお化粧で判別できなかった）。二人が使ってみて、これは良いと思ったものを、披露宴に来てくれた人たちにも体験して欲しいと考えたのだ。ここはその気持ちを汲《く》み取るべきだろう。

というわけで、我が家にやって来た水素発生器。手のひらサイズのタンバリンみたいな形をしている。

飲料用の水素水を作る装置と思っている人もいるかもしれないが、そうではない。いろんな用途があるみたいだが、僕はお風呂で使っている。浴槽に沈め、スイッチを入れると細かい泡が出てきて、わずかな時間で水素濃度の濃い「水素風呂」が出来上がる。もしこれで肌がツヤツヤになったら、我が家は初めて引き出物で万歳をすることになるのだが。

人間ドラマは細部に潜む

方広寺の鐘銘事件。豊臣秀頼が方広寺の大仏殿を再建した折、鐘に刻まれた文に徳川家康がケチをつけ、それが発端で大坂の陣が勃発した。大抵の人が日本史で習ったこの出来事は、「大化の改新」や「本能寺の変」といった歴史トピックに比べて、そのスケールがあまりにも小さいゆえに、余計に印象に残る。

鐘に彫られた「君臣豊楽」「国家安康」の文字が気に入らん。前者には豊臣の文字が隠されているし、後者に至っては、「家康」の文字が分断されている。これほど無礼なことはないというのが徳川側の主張。まさにいちゃもんではないか。

初めてこの事件を知った時、最初に思ったのは、(徳川家康っていうのは、ひどいやつだな)であった。だが、それよりも気になったのが、ずいぶん都合の良い四文字があったものだな、ということ。そもそも鐘に書かれた言葉が全部で何文字だったのか分からないけど、その限られた

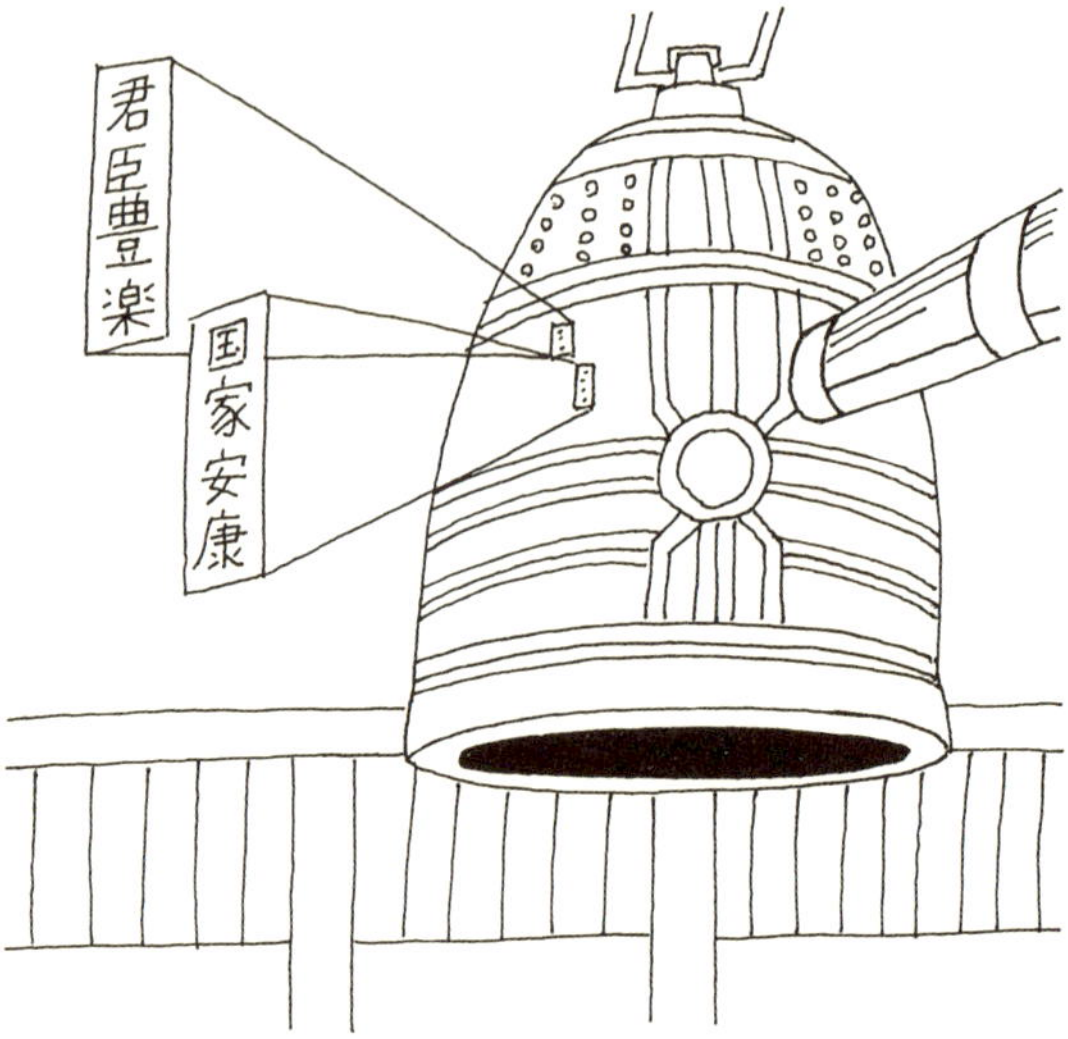

文字数の中で「豊」と「臣」、「家」と「康」が隣接していた偶然。そんなことってあるのだろうか。

　大河ドラマ「真田丸」にも、この「方広寺鐘銘事件」は出てくる。そこで長年の疑問をプロデューサーにぶつけてみた。脚本家としては、納得出来ない限りはホンが書けない。そして判明した驚愕《きょうがく》の事実。

　考証の先生のお話によれば、実際は「君臣豊楽」も「国家安康」も、そもそも豊臣方があえて選んだ言葉だというのだ。「国家安康」に至っては、家康へのサービスだったらしく、文章を考えた清韓というお坊さんの「喜んで貰《もら》えると思ったんだけどなあ」という証言も残っているという。それを知って、すべてが腑《ふ》に落ちた。豊臣の能天気さ、徳川の底意地の悪さ。これなら脚本家も納得だ。

　視聴者の中には、また三谷は奇を衒《てら》ったな、と思われた方もいらっしゃるかもしれないが、恐らく、こちらが真相。とはいえ、これって新説でもなんでもなく、かなり以前から言われていることだそうです。

歴史ドラマを書く楽しさは、つまりはこんなところにある。

ディテールを掘り下げる。例えば、今後描かれる大坂夏の陣。せっかく真田勢が、家康をぎりぎりまで追い詰めたというのに、なぜ結果的に負けてしまったのか。ナレーションで「真田の猛攻もここまで。徳川の反撃によって形勢は逆転した」と言わせればすむことだが、やはり戦場において形勢が逆転するからには、何かきっかけがあるはず。その「きっかけ」こそが大事で、それを調べ、ホンに生かすことで、年表が物語になる。ディテールにこそ、人間ドラマが潜んでいるような気がするのだ。

そうそう、「真田丸」は無事、最終回を脱稿しました。第一話を書き始めたのが二〇一四年の秋だったので、ほぼ二年掛かり。かなり当初の予定より押してしまい、関係者の皆さまにはご迷惑をお掛けしました。

そして僕は今、次の芝居のホンの執筆中。既に予定より遅れています。

どう書く、人物の去り際

ネットユーザーの間で生まれた「ナレ死」という言葉。大河ドラマ「真田丸」では、登場人物たちの死を直接描かず、ナレーションで伝えるケースが多く、そこからこのフレーズが生まれた。かの織田信長でさえもドラマの本筋とは関係ないので、その死はあっさり語りで済ませてしまった。

本来、僕は登場人物の死を描くのが好きではない。彼らは言ってみれば、自分の分身のようなもの。最期の瞬間は出来れば見たくないのである。今回、その瞬間を丹念に描写したのは、秀吉と真田昌幸の二人だけ。

俳優さんの中には、死ぬシーンを演じたがる人も多い。入れ込んだ役だと、どうしても劇中で死んで役を完結させたいと思うようだ。その気持ち、分からないでもない。

脚本家としてまだ駆け出しだった頃、こんなことがあった。あるドラマの最終回、ラストシーンの撮影現場から連絡が入った。主演俳優が死にたがっているので、急遽《きゅうきょ》ホンを変えたい、とプロデューサー。僕はその時、自分の劇団の公演中で、劇場のロビーにいた。脚本家としては当然反対した。台本では、主人公は一人夜の街に去っていくシーンで終わっている。しかし、その俳優さんが全身全霊を込めて役に入り込んでいたことも分かっていた。

　そこで、死ぬのは構わないので、どういう形で最期を迎えるかは、僕に考えさせて欲しいとお願いした。現場では既に撮影準備が整い、主演俳優も死ぬ気満々でいるらしい。僕は五分ほど考え、もっとも劇的な最期の状況を思いついて、プロデューサーに伝えた。結果的には、とてもいいラストになったので、主演俳優さんには感謝している。もうちょっと早く言ってくれれば、さらにいいアイデアが浮かんだかもしれないが。

　今回の「真田丸」で主人公の祖母おとりを演じて下さった草笛光子さん。役に対して注文を付けるような人ではないが、おとりの最期に関しては珍しく、プロデューサーを通じてリクエストをしてこられた。決して畳の上で死ぬようなありきたりな場面にはしないで欲しいという。

確かにおとりは、真田家のゴッドマザー的存在であり、同時にいくつになっても茶目《ちゃめ》っ気を失わない「可愛さ」を持った女性。普通に家族に看《み》とられて世を去るのでは面白くない。そこで、一旦《いったん》息を引き取ったと見せかけて生き返り、その後、孫たちを連れて城の天守で、戦国に生きる上での心得を語るというシーンを作った。草笛さんの名演もあって、大河ドラマ史に残るシーンになったと思っている。

脚本家にとって登場人物は自分の分身と書いたが、役者にとっては、自分そのもの。特に長い期間演じ続ける連続ドラマの場合は、思い入れも格別だろう。僕としては、登場人物の退場は、出来るだけ役者さんの希望に沿いたいと思っている。大河ドラマは沢山《たくさん》のレギュラーがいる。去り際を描くだけでも相当な分量。だからこそ、それほど出番の多くない人たちは「ナレ死」で我慢して貰《もら》うしかないのである。信長公、どうかご理解下さい。

熊の歌声にノリノリ

「ベア・ネセシティ」はディズニーアニメ「ジャングル・ブック」の主題歌だ。熊のｂｅａｒと「ぎりぎり」のｂａｒｅを掛けたタイトルで、「最小限必要なこと」という意味。なぜ熊と掛けているかというと、これを劇中で歌うのがバルーという熊だからだ。

ディズニーアニメ版「ジャングル・ブック」は子供の頃に一番はまったアニメだ。狼《おおかみ》の一族に育てられたモーグリ少年は、賢く慎み深い黒豹《くろひょう》のバギーラと、能天気な熊のバルーを父親代わりに、ジャングルで成長していく。父親がいなかった僕は、父性に飢えていたのかもしれない。バギーラとバルーは、二匹合わせて、理想の父親像だった。

大人になりビデオで再見した時、上映時間が短いので驚いた。七十八分。記憶ではジャングルを舞台にした壮大な叙事詩のイメージだったのに。ちょっと物足りない感じもするが、むしろこれだけ短時間で、人間ドラマとして描き切ったシナリオに感心（脚本家はラリー・クレモンズら、ディズニー専属の人たち）。

「ベア・ネセシティ」は少年時代の僕の愛唱歌だった。「ジャングル・ブック」はミュージカル仕立てで、ディズニー御用達の音楽家シャーマン兄弟が曲を担当しているが、「ベア～」だけはテリー・ギルキソンという人の作詞作曲。ちょっと毛色が違う。よりジャズ風なのだ（アカデミー歌曲賞にノミネートされている）。僕がジャズ好きになったのは、間違いなくこの曲の影響である。

今年（二〇一六年）上映された実写版「ジャングル・ブック」。観《み》る前に一番気になっていたのが、この「ベア・ネセシティ」をバルーが歌うかどうか。

今回はミュージカルではないので諦めていたが、なんと歌ってくれました。英語版のバルーの声はビル・マーレイ。そして日本語版は西田敏行さん。僕の大好きな役者さんが僕の大好きな歌を歌ってくれる。まさに僕のために作られたような映画。ちなみにバギーラの声は松本幸四郎

（二代目松本白鸚）さん。どこまでも僕好みのキャスティングである。

正直に告白すれば、アニメと違って、ＣＧでリアルに表現された熊が人間の言葉を話した段階で、若干引いてしまった。だが、お馴染《なじ》みの曲が流れ、バルーが歌い出せば、それだけで涙腺が決壊。英語版と日本語版両方観たが、ビルも西田さんも、オリジナルをさらにジャジーにアレンジしたニューバージョンをノリノリで歌ってくれて、大満足だった。

ＹｏｕＴｕｂｅを探ってみると、「ベア・ネセシティ」は、世界中でいろんな人がカヴァーしている。冒頭は「生きる上で必要なものはなにか」という普遍的なテーマを歌い上げているものの、後半は、ミツバチが蜂蜜を作ってくれるとか、石の下を探せばアリがいるから食べてごらん、みたいな、熊の生活に特化した歌詞。皆、どんな気持ちで歌っているのだろう。Ｄｏｄｉｅ Ｃｌａｒｋさんというイギリスのシンガーがウクレレ片手に歌うバージョンは、最近の僕のお気に入りだが、若く美しい女性が囁《ささや》くように、アリを食べようと歌う姿は、なかなか奇妙で楽しい。

伏線を張るということ

「伏線」。もともとは劇作における専門用語だ。先にフリがあり、後になってから、観客が「ああ、あの時の××はそういうことだったのか」と気づく手法。伏線を使うと、物語に深みが出る。

浦島太郎は、開けてはいけないと言われた玉手箱をなぜ開けてしまったのか。その行動に説得力を持たせるために、僕ならこんな伏線を張る。彼には「ダメだ」と言われたことをあえてしたくなる癖があった。海の近くを散歩していたら、海岸沿いの道に立ち入り禁止の看板を見つけ、いけないと分かっていながら中に入ってしまう。この場合の「立ち入り禁止の区域に入る」行為が、いわゆる「伏線」である。あまりいい例ではありませんでしたね。

ビリー・ワイルダー監督の「アパートの鍵貸します」。ワイルダーがI・A・L・ダイアモンドと書いたシナリオは、伏線の宝庫だ。

有名な「割れたコンパクト」の伏線。冴《さ》えないサラリーマンのバクスターは、自分の部屋を上司に貸し、上司はそこをホテル代わりに、愛人と情事を繰り返す。ある時、バクスターは自室で、鏡にヒビが入ったコンパクトを発見する。上司の愛人が忘れていったものだ。バクスターが上司にそれを渡すと、「女が俺に投げつけたんだ」みたいなことを言われる。

一方、バクスターは、女性社員フランに恋をしている。彼女と話している時に、彼はフランのコンパクトを見てしまう。その鏡は割れていた。その瞬間、バクスターは、上司の不倫相手が、フランであることに気づくのである。

ここで凄《すご》いのは、割れたコンパクトが、まず、上司と愛人の関係がうまく行っていない事実を示すアイテムとして、登場すること。観客はあとになってもうひとつの意味を知ることになる。一つの小道具に二つの意味を持たせる。これぞ理想の伏線である。

僕も伏線が大好きで、「真田丸」の中でも、いろいろとやってみた。だが、視聴者からのメッセージを読むと、たまにこの「伏線」の意味を取り違えた人がいる。

石田三成が細川忠興に、干し柿を進呈するシーンがあった（これを柿Aとする）。実際に伝えられているエピソードを基に書いたのだが、三成には、柿に関する話が、実はもうひとつある。処刑される直前に、差し出された柿を、お腹《なか》を壊すといけないので断る有名なエピソードだ（これを柿Bとする）。柿Aを観《み》た人の中に、柿繋《つな》がりで、これはきっと柿Bの伏線に違いないと思った方がいた。結局ドラマでは柿Bは登場しなかった。柿を伏線と思っていた人は、当然、がっかりし、作者は伏線を回収出来なかった、と考えたようだ。

しかしそれは違うのです。回収されなかった伏線は、回収されなかったのではなく、最初から伏線ではなかっただけのこと。「回収されない伏線」というものは、理論上存在しない。

それに、たとえ柿Bを描いたとしたところで、それだけでは伏線とは呼ばない。伏線を張るということは、もう少し緻密《ちみつ》な作業なのです。

どうかご理解下さい。

長谷川伸先生目指して

テレビドラマを書く時は、市川森一さんのように、映画のシナリオを書く時はビリー・ワイルダーのように、舞台用の戯曲を書く時はニール・サイモンのように、が僕の信条。もちろん、あくまでも「目標」である。そして長年やっていても「目標」に到達したことはまだ一度もない。

他にも作品に応じて、毎回、今度はこの人のつもりになって書いてみよう、という「プチ目標」の人たちがいる。

イギリスの喜劇作家レイ・クーニー。彼の作品を初めて観《み》たのは、二十三年前（一九九三年）。劇団をやっていた頃だ。加藤健一事務所の「ラン・フォー・ユア・ワイフ」。主演は加藤さんと石丸謙二郎さん。演出は綾田俊樹さん。戸田恵子さんも出ていた。

二人の妻と二つの家庭を同時に持ち、綿密なスケジュール調整をしながら二重生活を続ける、タクシー運転手の話。僕は、映画にしろ舞台にしろ、コメディーを観て笑うことはまずない。つ

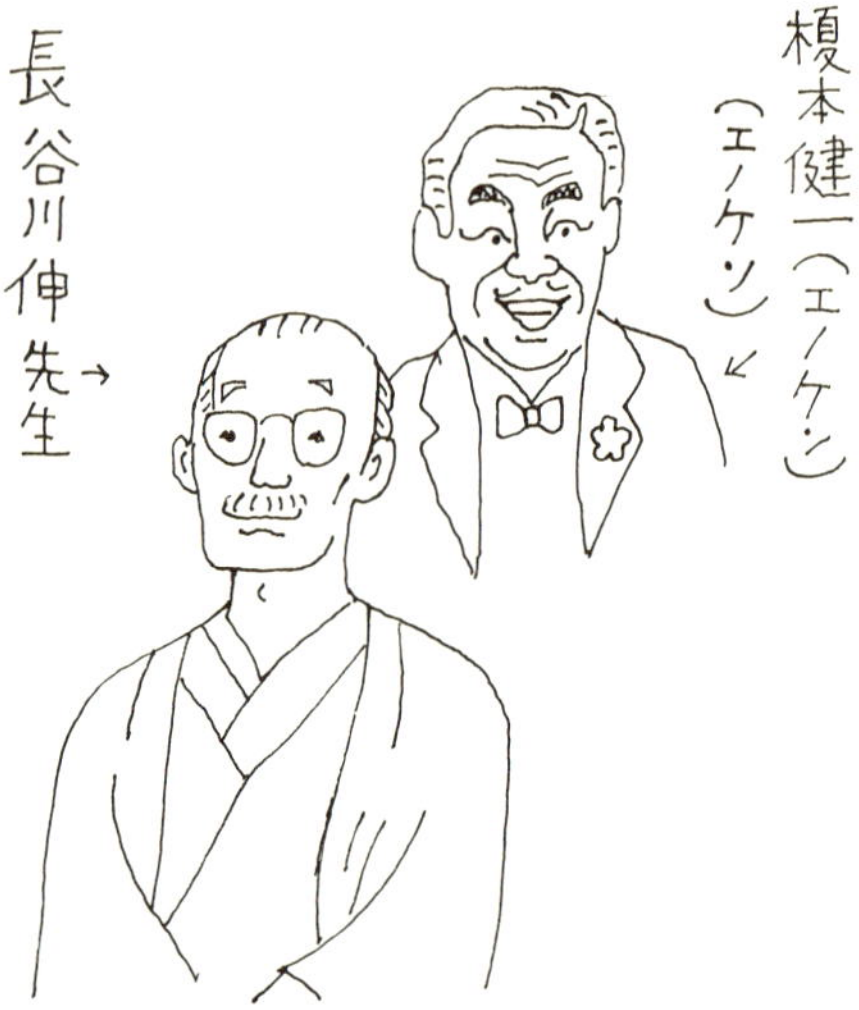

まらなければもちろん笑わないし、面白くても悔しさが先に立って、笑うどころではない。
　しかし、この舞台には、そんな喜劇作家の自意識を吹き飛ばすパワーがあった。知らず知らずのうちに僕は爆笑していた。すべてのシーン、すべての台詞《せりふ》が、観客を笑わせるためだけに成立している。これぞコメディー。自分もこんな作品が作りたいと思った。そして、日本のレイ・クーニーを目指して何本かのファルス（笑劇）を書いた。お客さんは大いに笑ってくれ、評判も良かった。
　僕の原点とも言うべき「ラン・フォー・ユア・ワイフ」。今も様々なところで上演される人気演目だ。今月末（二〇一六年十一月三十日）からは、山寺宏一さんのユニットが挑戦する。笑える舞台が観たいという人はぜひ、劇場に足を運んでみて下さい。
　さて、大河を書き終わった後の最初の仕事は、舞台「エノケソ一代記」の作演出。昭和の喜劇王エノケンこと榎本健一の偽者の話だ。実際にエノケソと名乗って一座を結成し、全国を回っていた人物がいたらしく、そのエピソードを基に書いた新作である。

今回の目標は恐れ多くも長谷川伸先生。「瞼《まぶた》の母」や「一本刀土俵入」といった大衆演劇の名作を書いた大作家である。

人間の機微に触れた、いわゆる「人情もの」を、僕みたいな人生経験の乏しい男に書けるはずもないし、熱烈な長谷川伸ファンが激怒する姿が目に浮かぶ。実際、稽古場で仕上がりつつある「エノケソ一代記」に「一本刀土俵入」の香りは微塵《みじん》もない。とはいえ、僕が長谷川先生の作品に憧れて、「エノケソ～」を書いたことは紛れもない事実。笑いだけではなく、喜怒哀楽すべてがそこにある、そんな芝居にしたいと思っている。大河ドラマで一年にわたって、どうすれば視聴者に楽しんで貰《もら》えるか、必死に勉強した成果を、僅《わず》かでもいいから出してみたい。

「レイ・クーニーのような作品をまた書いて下さい」と、今もファンの方に言われる。しかし、そうもいかないのだ。今は先へ進まなければ。それが前進か後退かは分からないけど。

古川ロッパで俳優復帰

新作舞台「エノケソ一代記」は、昭和の喜劇王、エノケンこと榎本健一の偽者「エノケソ」の話だ。エノケンとエノケソの二役を演じるのは、市川猿之助さん。「決闘!高田馬場」(二〇〇六年三月二日〜二十六日)以来、十年ぶりにご一緒する(途中、映画にワンシーン出てもらったり、僕が司会をするトーク番組にゲストで来てもらったりはしたが)。

間違いなく、現代の天才の一人である猿之助さんについては、今後、たっぷり語らせてもらうとして、今回は、この作品で二十四年ぶりに舞台俳優として復帰する、一人の役者、つまりは僕について。

劇団時代は、作・演出をやりながら、毎公演必ず自分も出演していた。別に役者がやりたかったわけではない。皆で力を合わせて作ってきたのに、幕が上がると一人だけすることがない、というのが淋《さび》しかったのである。稽古で積み重ねていくような役は決してやらず、突然舞台に乱入

して、アドリブをまくしたてて、あっという間に去っていく、そんな役を主に演じていた。最小限の労力で、誰よりもお客さんに受ける、いわゆる「おいしい役」だ。
劇団を始めた頃は、座員の中では、僕が一番受けていた気がする。だが、月日が経つうちに、だんだん他の役者が成長し、次第に僕だけ浮くようになっていった。以前は僕が舞台に立つと、共演者たちも笑いをこらえるのに必死で、こっちもそれが楽しく、わざと台本にない台詞《せりふ》を言って、彼らを笑わせにかかる。それを観《み》て、観客も笑うという図式だった。
　ところが、ある時から、僕が何をやっても、共演者が笑わなくなった。役が崩れるということがなくなったのだ。だから観客も笑わない。つまり僕が出る意味が消滅したわけで、こうして僕は演者として引退に追い込まれる。
　それから二十四年。久しぶりにやってみようと思った理由は、この二年、大河ドラマをずっと書いてきて、さすがに疲れを感じたことが大きい。書くことに飽きたわけではないし、今後も脚本家の仕事を続けていくのだけど、このあたりで、何か身体に別の空気を注入したくなったのです。

僕が演じるのは、エノケンのライバルと言われた、コメディアン古川ロッパ（と、その偽者）。ロッパの膨大な日記を読んでから、この孤高の知性派芸人に興味を持ち、それも演じてみたいと思った理由の一つだ。ちなみに以前書いたテレビドラマ「わが家の歴史」では、伊東四朗さんが演じられた。

猿之助さんご本人は、実はエノケンには全然似ていないが、その抜群の演技力で、彼が演じると、エノケンそのものに見えてくる。

それに対し、僕は演技力がほぼないので、ビジュアルで勝負するしかなく、かなり作り込んで、見た目だけはロッパそのものになりきろうという作戦だ。そして今回は、きちんと台詞を覚え、稽古を重ねて役を掘り下げるという、役者らしい取り組み方をしている。こんなに真剣に俳優業に取り組んだのは生まれて初めてである。

でも出番はほんの少し。決して準主役ではありません。

ドラマ励ます総合視聴率

この秋（二〇一六年十月三日）から、テレビ番組に関して、総合視聴率が発表されるようになった。今までの視聴率に、録画率（正確には、オンエアから一週間の間に再生された率）を加えたものだ。

テレビドラマの脚本家としては、もっと早く実現して欲しかった。だって、そうじゃないですか。面白そうなバラエティーと面白そうなドラマが同じ時間帯にあったら、どう考えてもドラマの方を録画して、バラエティーを観《み》るでしょう。ドラマが視聴率で苦戦するのは、当たり前。

発表になった総合視聴率を見ると、やはり録画率は圧倒的にドラマが高く、バラエティー、情報番組、スポーツ、ニュースは低い。例えば日曜夜の人気番組「笑点」は通常の視聴率（リアルタイムといいます）はめちゃくちゃ高いが、録画率（タイムシフトというそうです）は低いので、総合視聴率はリアルタイムとさほど変わらない。

そしてわが「真田丸」は、リアルタイムはそこそこだけど、タイムシフトの数字が良いので、総合視聴率はぐんと跳ね上がる。BSの先行放送の数字も高いし、土曜日の再放送の分も加えると、「真田丸」は結構な高視聴率ドラマなのです。ところが視聴率といえば、いまだにリアルタイムのものだけを指すことが多く、結局、それで判断されてしまうのが、関係者としては歯がゆいところだ。

　この総合視聴率、なかなか話題にならないので、あえてこうして書いています。作り手側としては、もっと浸透して欲しい。従来のリアルタイム視聴率だけでは、今の視聴者の本当の姿は分からない。それだけテレビの「見方」は変わってきたのだから。

　そもそも視聴率って当てになるのか、といぶかしむ方もいらっしゃるだろう。僕としては、体感として、結構当てになると思っている。僕の唯一の高視聴率ドラマ「古畑任三郎」のシリーズがオンエアされていた頃、電車の中で、「昨日の古畑、観た?」と会話している高校生たちに、何度も遭遇した。皆さんがタイトルすら覚えていないであろう「今夜、宇宙の片隅で」や「合い言葉は勇気」といった低視聴率ドラマの時は、一度もなかったことだ(もちろんどの作品も作者としては愛着があります)。

そして今年(二〇一六年)。道を歩いていて、こんなに多くの人に声を掛けられた年はなかった。日に五回、面識のない人から「『真田丸』観てますよ」と言われたこともある。歴史好きのタクシー運転手さんに、「ドラマではこう描かれていたが、私はこう思う」と独自の歴史観を語られたことも。よく行く近所の牛丼屋さんの女性店員は、月曜日に行くと、必ず前日の「真田丸」の感動ポイントを伝えてくれる。

視聴率なんか関係ない、質の高いものを作っていればそれでいいという意見もあるだろうが、僕はそうは思わない。少なくとも自分は、多くの人に楽しんでもらうために、ホンを書いている。だから数字は高いに越したことはない。そして視聴率が高いと、現場の士気が上がる。そこからさらに良い作品が生まれる場合もあるのだ。まさにいいこと尽くしなのである。

天才・猿之助さんの凄さ

「エノケソ一代記」で、エノケンこと榎本健一の偽者を演じているのが、市川猿之助さん。頑張っている姿を絶対見せないタイプの人間はたまにいるが、猿之助さんは徹底している。まず大の稽古嫌い。稽古場には、誰よりも遅れて、しかも大抵はうなだれて入って来る。「明日は雨らしいけど稽古は中止ですか」と真顔でスタッフに尋ねたりしている。屋内でやっているのだから、雨天中止はあり得ないのだが。

本番は本番で、劇場入りは誰よりも遅い。出番直前は、舞台袖に置いてあるパイプ椅子に腰掛け、ぎりぎりまで仮眠。出番が来ると、終電車で熟睡していても自分の駅で、すかさず跳び起きるサラリーマンのように、すっくと立ち上がり、舞台に出ていく。どんなに熱演しても、袖に戻って来るや、いきなり肩を落とす。芝居の余韻に浸るどころではない。まるで、夜中に母親に手を引かれ、寝ぼけ眼《まなこ》でトイレに連れて行かれる園児のように、その足取りはひたすら重い。

とことん怠惰に思える猿之助さんだが、舞台の上の彼は、これがもうフリーダムというか、解き放たれたというか、まさに変幻自在。覚えた台詞《せりふ》を言うというレベルの話ではなく、完全に役を自分のものにしてしまい、自由奔放に喋《しゃべ》り、動く。決めの台詞の格好よさ。立ち居振る舞いの艶《つや》っぽさ。すべてにおいて、完璧なのである。

とんでもない男だ。

稽古中、あまりにだらだらしているのに、凄《すご》くいい芝居をするものだから、家でひたすら自主稽古をしているのか、と思った時もあった。が、ほぼ毎日台本を置いて帰っていたから、たぶん違う。要は天才なのだ（と思わせて、実はものすごく自主練している可能性もまだ捨てきれない）。

稽古しながら、この人は凄いと思った瞬間。

①ダメ出しの時、一切、台本を見ないし、メモも取らない。「あそこの台詞の前に、もうひとつこんなやりとりを追加して欲しいんですけど」と言うと、「分かりました。これこれこう

いう感じですね」とその場で反復してみせ、それでおしまい。そして次の稽古で完璧にこなしてしまう。②今回、猿之助さんはエノケンの十八番「洒落男《しゃれおとこ》」をはじめ、四曲を歌い踊るのだが、彼はその振り付けを、一曲につき、ものの五分で覚えてしまった。先生が教えるはなから、すぐに反復し、ステッキの複雑なさばきも、いとも容易《たやす》く自分のものにする。

さて、そんな常人とは思えない猿之助さんと、僕は今、毎日、舞台上で対峙《たいじ》している。エノケソが、古川口ッパ（僕）に向かって、偽者としての矜持《きょうじ》を語る、大事な場面。演じながら、自分はなんて幸せな人間だろうと、いつも思う。市川猿之助の魂のこもった演技を、毎日こんな間近で観《み》られるなんて。（ああ、上手《うま》いなあ）（そういうアプローチもあるんだなあ）とか、感慨に耽《ふけ》りながら、僕は日々、舞台に立っている。つまりこの若き名優の隣で、こっちはまったく芝居に集中できていないわけで。

猿之助さん、観客の皆さん、本当にごめんなさい。

「不屈の精神」描いた年

今年（二〇一六年）は「真田丸」に始まって、「真田丸」に終わった一年。大河ドラマを書くのは二回目だが、前回の「新選組！」に比べると、今回の方が遥《はる》かに難しかった。幕末と戦国という時代の違いもあるだろうけど、それだけではない。

「新選組！」は、物語の大半が近藤勇が壬生《みぶ》浪士組に加わって京へ上ってから、鳥羽伏見の戦いで官軍に敗れて斬首されるまでのほぼ五年間の話だった。「真田丸」で描かれるのは、武田家滅亡から大坂夏の陣までの約三十三年間。スケールが違う。近藤勇と仲間たちの視点に徹した前作に対して、今回はもう少し「戦国」そのものを描くように心がけた。そこも大きな違いだ。

とはいえ、あの時代のすべてを描くことは無理なので、常に主人公真田信繁の目線を意識し、彼が経験しないことは極力描かないよう心掛けた。ダイナミックな題材をこぢんまりと描く。それこそが僕の描き方、僕にしか出来ない描き方だと信じて、全五十回を書き上げた。パソコンの

履歴を見ると、第一話の初稿をプロデューサーに送ったのが二〇一四年の末だったから、ほぼ二年掛けたことになる。

　僕自身が子供の頃に大河ドラマにはまり、毎週日曜日は家族全員で必ず観《み》ていた。「真田丸」もそんな作品になるといいな、と思った。この目標はどうやら達成できたような気がする。番組に寄せられる反響は、お子さんから年配の方まで多岐にわたり、かなり幅広い層の方が観てくれたようだ。知り合いのプロデューサーの小学生のお嬢さんは、学校で「真田丸」ごっこに日々興じているらしい。ちなみにBSの先行放送を「早丸」、総合テレビのオンエアを「本丸」、土曜日の再放送を「再丸」という。愛称がつくほどに、親しまれていることが、なによりも嬉《うれ》しい。ネットには、登場人物たちの似顔絵（丸絵というそうです）が溢《あふ》れている。脚本家冥利《みょうり》に尽きるというものだ。

　四十三年前（一九七三年）に放送された「国盗り物語」は、僕が初めて一年通してみた大河ドラマだ。その最終回。無念の死を遂げる明智光秀（近藤正臣さん）に完全に感情移入してしまった十二歳の僕は、オンエア日の深夜、眠ったままの状態で、まるで夢遊病のように、自宅の廊下を、想像の馬にまたがって彷徨《さまよ》っていたという（母親談）。

「真田丸」もこの前の日曜（二〇一六年十二月十八日）最終回を迎えた。信繁（幸村）は史実通りに死んでしまったけど、僕は「滅びの美学」を描きたかったわけではない。どんな状況になろうとも、最後の最後まで諦めなかった、その不屈の精神。それこそが、僕が最終的にこの物語に託したテーマだ。それは、真田家が生き残るためなら、なりふり構わず、どんな手でも使ってきた、父昌幸の生き方にも通じる。

最終回がオンエアされた深夜、もしも日本のどこかで、あの日の僕のように、信繁になりきった少年もしくは少女が、眠ったままの状態で自宅の廊下を徘徊《はいかい》していたとしたら、これほど嬉しいことはありません。さすがにないか。

来年もよろしくお願いいたします。

17回目の新年を迎えて

「ありふれた生活」が開始して十七回目のお正月（二〇一七年）。

連載をまとめた単行本も既に十四冊。まあ、長くても半年だろうと気軽に始めたものが、あれよあれよという間に、この歳月。四百字詰め原稿用紙にして、ほぼ二千六百枚。小学校の時、八百字の読書感想文を書くのに四苦八苦していたのが、嘘《うそ》のようだ。全国の、読書感想文で悩んでいる小学生の皆さん、どうか、安心して下さい。あなただって、書きたいと思う事なら、いずれ、楽に書けるようになります。そもそも感想文は書きにくいものなのです。

とはいえ、毎週すらすら書いているわけではない。本来、エッセーと脚本はまったく違うもの。台詞《せりふ》とト書きですべて表現することに慣れている人間にとって、文章で日常を綴《つづ》るというのは、決して楽な作業ではない。そしてそれは、十六年経《た》ってもまったく変わらない。

しかもこれだけ続くと、（あれ、この話って前にも書いたことあるぞ）と思うこともしばしば。

そういう時は、編集者に過去の原稿をチェックしてもらっている。他の雑誌の取材やインタビュー、単発のエッセーと内容が被《かぶ》ること。しかし、これは勘弁して頂きたい。一人の人間なので、誰かに話したくなるエピソードには限りがあるのです。

中学の頃、遠藤周作さんのエッセーが大好きで、片っ端から読んでいたが、同じ話題が何度も出てくるので、これはどういうことだろうと疑問に思ったものだ。しかし、今となっては、狐狸《こり》庵《あん》先生の気持ち、大変よく分かります。

ずっとさし絵を描いて下さっている和田誠さん。昔から和田さんのイラストが大好きで、文章が大好きで、映画が大好きで、和田さんのエッセーの中に登場する奥さん（平野レミさん）が大好きで、和田さんのような大人になりたいと思っていた。中学時代、和田さんが描くハリウッドスターのイラストをひたすら模写した。たまに絵の横に書かれている和田さんの文字を真似《まね》、筆跡も変えた。

和田さんが、ビリー・ワイルダーについての対談相手に僕を選んで下さったのが、今から二十年以上前のこと。それ以来のお付き合いだ。あの和田誠さんが、僕の文章に毎週、絵を描いて下さる。夢のような話である。なにしろ毎回のように僕の似顔絵が登場するのである。こんなに沢《たく》山《さん》、和田さんに似顔絵を描いてもらった人間は、他にいないのではないか。

改めて連載開始の頃の僕の似顔絵を見ると、かなり若い。絵の中の僕も十六年でだいぶ老けた。和田さんの描く僕のキャラは一人歩きをし、航空会社の宣伝媒体に登場したこともある。

さて今週のさし絵は、新春特別企画。僕の隣で微笑《ほほえ》んでいる和田さんの似顔絵は、僕が描きました。和田さんのタッチを真似てみたのですが、いかがでしょうか。以前、共著の表紙を一緒に描かせて頂いて以来の共作です。ファン冥利《みようり》に尽きます。ちなみに、和田さんご自身は、ご自分の似顔絵を描かれることは、まずありません。

というわけで、今年もよろしくお願いいたします。

「これは長期戦になるぞ」

去年（二〇一六年）の末、僕は「エノケソ一代記」で、一月近く舞台俳優として過ごした。貴重な経験をさせてもらった。以前、伊東四朗さんがおっしゃっていた「いまだにお客さんに教わることがある」という言葉。今回、それがどういうことか、身体で知ることが出来た。

博多のクラブの控室で、僕扮する古川ロッパ（古川ロッパの偽者）が寛《くつろ》いでいる。ふと横を見ると、春海四方《はるみしほう》さん演じる旅役者の熊吉が、小道具の整理をしている。僕は彼に「君はそこで何をやってるんだ」と尋ねる。稽古の中盤、彼が西遊記の猪八戒《ちょはっかい》の格好をしているので、ふと思いついて「小豚くん～」と言ってみた。スタッフは笑ってくれたので、「小豚くん」はそのまま台詞として定着。ところが幕を開けてみると、観客はまったく笑わない。ある時、「そこの小豚くん～」にしてみて、ようやく笑いが来た。これはどういうことか。

次の日もう一度「小豚くん」に戻してみたが、やはり笑いはない。「そこの」がポイントらし

い。どうやら「小豚」という単語の唐突感を「そこの」が和らげているようなのだ。まさに観客に教えてもらったわけである。
　伊東四朗さんといえば、そもそも今回の僕の演技は、ドラマ「わが家の歴史」で伊東さんが演じられたロッパの真似《まね》。ロッパ本人の動いている映像がほとんど残ってないので、僕は実際にロッパをご覧になっている伊東さんの芝居から、ロッパを推察して、偽ロッパを演じた。幸い、ご本人を知っている草笛光子さんからは「そっくり」とお墨付きを頂いたが、それはつまりは伊東さんが似ていたということ。
　猿之助さんと吉田羊《よう》さんと僕の三人のシーン。僕が椅子に座れと命令するのに、猿之助さんがなかなか座ってくれない場面。本番を重ねていくうちに、なぜか「奥さん、これは長期戦になるぞ」と言いたくなった。この「長期戦」という言葉、実は十六年前（二〇〇一年）の舞台「バッド・ニュース☆グッド・タイミング」で伊東さんが発したアドリブ。伊東さんらしい言葉のチョイスで、ずっと印象に残っていた。

もし日本の軽演劇界に伝わる伝統のアドリブだったら、軽はずみに使うべきではないので、早速伊東さんにメールでお伺《うかが》いを立てると、「まったく記憶にありません」とのこと。伊東さんによれば、舞台の上のアドリブというものは相手役を笑わせたり、そこだけ違う空気にする効果もあるが、それとは関係なく、ただただ口にしたいという欲求から発する場合もある、とのこと。まさに今回がそうだったので、驚いた。

「どうぞ、いい場面で使って下さい」と伊東さんもおっしゃっていたので、次の日から早速使ってみた。残念ながら、伊東さんの「長期戦」では観客が爆笑していたが、僕の「長期戦」はくすりともしなかった。使い所がよくなかったのか。でも、僕は気持ち良く言うことが出来たので、満足。

ただ、このシーン。無駄に長いとプロデューサーからダメが出て、公演期間半ばでカット。短期戦に終わってしまいました。

演じる才能があったなら

二十四年ぶりに役者として舞台に立った去年（二〇一六年）の十二月。

そもそも劇団時代だって、こんなに本格的に役を演じたことがなかった。大量の台詞《せりふ》を覚え、稽古を重ねて約一月《ひとつき》の間、劇場に通う。

本格的に役者を経験して分かったこと。これまで演出家として、多くの俳優さん、特に舞台経験の少ない人たちに対し、「一度覚えた台詞は、本番の前に一度忘れ、真っ白な気持ちで演技をして下さい」と言い続けてきた。今回も舞台二度目の水上京香《みなかみきょうか》さんに言った気がする。

自分でやってみて分かったが、そんなこと無理です。本番直前まで、台詞を忘れてしまうのではないか、という恐怖に苛《さいな》まれる。袖で出番を待っている時も、ずっと台詞を暗唱している。一度忘れるなんて、とても出来るものではありません。今まで偉そうなことを言ってすみませんでした。

舞台に出て、台詞の第一声を口にする時の怖さといったらない。僕の場合は、「まったく、やんなっちゃうねえ」。これを発してしまったら、もう後には引けない。わずか二十分ほどの出番だというのに。「なにわバタフライ」で二時間以上の一人芝居に挑戦した戸田恵子さん、どれだけ怖かったことでしょう。しかも僕には共演者がいるが、彼女はひとりぼっち。ずっと孤独な戦いをして来られたんですね。今さらながら、尊敬いたします。

一月近く公演を続けた時の、役者の生理のようなものも、実感としてよく分かった。これも得がたい経験だ。初日の緊張感、台詞が身体に染み込んだ瞬間の自覚、慣れとの戦い、千秋楽の安堵《あんど》感と淋《さび》しさ。

千秋楽から二十日以上過ぎた今、自分の台詞をまだ覚えているか確かめようと思ったが、すぐにやめた。完璧に覚えていたら、過去を引きずっているみたいで嫌だし、忘れていたら、あれだけ苦労したことが忘却の彼方《かなた》へ消え去ったようで、寂寥感が半端ない。そう考えるとなかなか台詞を口にする勇気が出ないのだ。不思議な気分。

さて、今回の出演で味をしめて、これからも役者を続けていこうとは、微塵《みじん》も思っていない。楽しかったし、勉強にもなったが、やはり出役には無理がある。多くの才能のある役者さんたちと仕事をしてきたからこそ、その分、自分がどれだけ役者に向いていないかも、この機会によく分かった。

素に戻ってのカーテンコールが、あんなに恥ずかしいとは。あそこで照れくさがるような人間は、そもそも舞台役者向きではないのだろう。ただ、今回の役者体験、今後の劇作、演出に役立つことは間違いない。今後はもう少し、役者さんの側に立った演出を心掛けたいと思っています。

ちなみに、もし僕に役者の才能があったら、やってみたかった役。チェーホフ「三人姉妹」における三人姉妹の、摑《つか》み所のない兄アンドレイと、「アマデウス」における、能天気で摑み所のない皇帝ヨーゼフ二世。主人公たちの人生と関係のないところで、のほほんと生きている感じがたまらなく好きです。

「恐竜界」の進歩に驚く

訳あって最近、恐竜関係の本、特に図柄が沢山《たくさん》載っているものをよく見ている。

子供の頃、それほど恐竜にははまらなかった。初代ウルトラマンをリアルタイムで観《み》ていた世代なので、レッドキングとかベムラーといったファンタジー感溢《あふ》れる「怪獣」の方が好み。生々しい「恐竜」はちょっと怖かった。

とはいえ、代表的な名前くらいは、もちろん知っていた。凶暴なティラノサウルス、優しい心の持ち主トリケラトプス。ティラノとトリケラは、いつも喧嘩《けんか》していて、それを個人主義のステゴサウルスが横目で見て通り過ぎる。その手前では、でかいが小心者のブロントサウルスが黙々と草を食べ、遠くをせっかちなイグアノドンが小走りに駆け抜けていく。そんなイメージ。

当時の僕は、ケーキといえば、ショートケーキとモンブラン。他にも種類があるのは想像がついたが、ケーキ屋さんにはその二種類しか売っていなかった。同じように、恐竜といえば、この

五種類。ちなみに空にまで枠を広げると、これにプテラノドンと、なぜか漢字の始祖鳥が加わるのだが。

　映画「ジュラシック・パーク」を観た時は、お馴染《なじ》みの恐竜たちが大集合してくれて、えらく嬉《うれ》しかったのを覚えている。どうやら、恐竜の定番は日本も外国もそう変わらないらしい。加えて、ヴェロキラプトルという威勢のいい奴《やつ》が初見参。先輩恐竜を食う大活躍に（すごい新人が現れたな）と思ったものだ。大昔に絶滅しているというのに、新人もなにもないのだが。

　最新の図鑑を眺め、改めて恐竜の数の多さに唖然《あぜん》となる。ここ数十年ですごい数の新種の化石が発見されたらしい。見慣れぬ名前ばかり。これではギリシャの哲学者と区別がつかない。ここで問題です。次の三つを恐竜と哲学者に分類しなさい。アンキオルニス、アリオラムス、アルケシラオス（正解は自分で調べてみて下さい）。

　さらに驚いたのが、どこを探しても、あのブロントサウルスの名前がないこと。あんな人気者がなぜ消えた。悪さでもして干されてしまったのか。そう思いたくなるくらいに、完全に抹消されている。

調べてみると、これまでブロントサウルスと呼ばれていた恐竜は、僕の知らないうちに、アパトサウルスと同種であることが判明。恐竜界には、同じものと分かったら、先に発見された方の名前に統一される規則があり、今はアパトになってしまったというのだ。まさかそんなことになっていようとは。源頼朝だと思っていた肖像画が、実は足利直義《ただよし》だったらしいと知った時の衝撃に近かった。

確かにアパトのイラストを見ると、そこにはあの懐かしいブロントの姿があった。どことなく物憂げな表情は、(俺、ブロントに戻りたいっす。アパトなんて嫌っす)と訴えているようにも見えた。

最新情報では、アパトとブロントは実は別種という説が浮上。近々、世界のファンの期待に応えて、ブロントの名が復活するという噂《うわさ》も。朗報である。

恐竜の世界も日々、進歩しているのです。

面白いぞ「さるかに合戦」

訳あって、日本の昔話を絵本で読む機会が増えた。「桃太郎」から始まって「浦島太郎」「鶴の恩返し」「笠地蔵」と、代表的なものはだいたい読み返した。改めて分かったのは、「花咲爺《はなさかじい》さん」に代表される「良い爺さん」と「悪い爺さん」のパターンが結構多いということ。大抵の場合、「良い爺さん」がまず良い結果を出し、それを「悪い爺さん」が形だけ真似《まね》、しかも欲を出してしまって、とんでもない目に合う。「舌切り雀」がその典型だ。

確かにこれだといくらでも話が作れそう。ただし、「悪い爺さん」が出てきた瞬間に、展開が読めてしまうのが難。そして全体が二部構成になり、一部はほとんどが二部のフリなので、ドラマ性に著しく欠けるという、構造上の大きな問題点がある。

このパターンで首をひねるのが「こぶとり爺さん」だ。地方によって様々なバージョンがあるようだが、もっともポピュラーなストーリーは、片頬《かたほお》にこぶのある「良い爺さん」が、鬼たちに捕まってしまうが、持ち前の明るさとダンス能力でピンチを切り抜け、頬のこぶを取ってもらう。それを聞いた、やはり片頬にこぶのある「悪い爺さん」が、鬼のところへ自ら赴くが、性格も暗く、ダンス能力にも欠けていた彼は、鬼たちを楽しませることが出来ずに、逆にもうひとつの頬にもこぶを付けられてしまう（実際はもう少し込み入ってます）。

一番の難点は、この話に限っては、「悪い爺さん」が悪くない、ということ。ちょっと陰気なだけ。エンターテイナーとしての素養がなかっただけ。ダンスが踊れないことが、そんなにいけないことなのか。そもそもこの話の教訓は何なのか。明るくしていれば、いいことがあるよ、ということか。だとしたら、それを伝えるためだけに、酷《ひど》い目に合わされる「陰気な爺さん」が不憫《ふびん》でならない。

さて、数ある昔話の中で、僕がもっとも惹《ひ》かれるのは「さるかに合戦」。今は「さるかに話」と呼ばれることもあるらしい。「合戦」という好戦的な単語が、子供には相応《ふさわ》しくないと、誰かが判断したのか。

しかしそんなことを言ったら、この物語自体、とんでもなく荒っぽい。なにしろ、父親を猿に殺された蟹《かに》の息子が復讐《ふくしゅう》を誓い、仲間を集めて、猿を計画的に殺害するのである。教訓もへったくれもない。登場人物が、動物たちと器物（！）なので、ファンタジー要素が強く、しかも日本人の好きな「敵討ち」の要素が入っているので、口当たりはいいが、かなりのバイオレンスである。

とはいっても他の昔話とは違い、物語がダイナミック。しかも「忠臣蔵」を思わせる群像劇スタイルなので、かなり僕好み。そもそも敵討ちに参加するのが、栗と臼《うす》と蜂と牛糞《ぎゅうふん》。バラエティーに富んでいる。きっと彼らも猿の横暴に耐えかねていたのだろう。その辺のサイドストーリーをきちんと描き、敵役の猿も、ただの悪党にならないように、それなりのバックボーンを丁寧に描写すれば、一年、大河ドラマで引っ張ることも可能だと思う。その時は、猿役はぜひ、小日向《こひなた》文世さんでいきたい。

僕は「イヌネコ派」です

かつて、我が家の大事な一員だったラブラドルのとび。彼が旅立ったのは二〇一三年の二月のことである。そして、とびの跡を継いで、家族となったプチブラバンソンの兄弟、チコとハーポは今年（二〇一七年）で五歳になった。人間でいえば三十代。いずれは落ち着いてくれるだろうという、飼い主の願望も空しく、彼らはいまだに仔犬《こいぬ》の時と変わらずにハイパワーである。

宅配便が来る度に、まるで芥川賞受賞の知らせが届いた作家のように感極まって家中を駆け回り、テレビ画面に小動物が映れば、画面に向かって突進、全力投球で吠《ほ》えまくる。食に対して貪《どん》欲《よく》なチコは、先日、キッチンに置いてあったお米の袋を食い破り、硬いままの新米をたらふく食べてお腹《なか》を壊した。頑固者のハーポは、リビングのソファの上という「特等席」を常に独占。僕が退《ど》かして座ろうとしても、頑として譲ろうとしない。

正直に告白するが、新しい家族が増えてから、チコとハーポと共に過ごす時間は、ぐっと減っ

た。どうしても人間の子供の方が手が掛かり、そっちが優先になってしまう。イヌたちも「こんなはずじゃなかった」と思っているかもしれない。申し訳ないことである。幸い、息子と彼らの関係は良好。よくつるんで遊んでいるし、たまに何かを真剣に語り合っている。

チコとハーポを見ていると、遥《はる》か昔に一緒に暮らしていたネコたちを思い出さずにはいられない。アメリカンショートヘアのおとっつあんと、オシキャットのオシマンべ。二匹とも鬼籍に入ってしまったが、一時期、彼らは僕の大事な相談相手であった。おとっつあんの、若干肥満気味の肉体は、抱き心地が最高で、ぐっと抱擁するだけで心が癒やされた。執筆に行き詰まった時、知性派のオシマンべの深遠な瞳を見つめていると、高ぶった精神が不思議と落ち着いたものだ。

歴史は繰り返すというが、かつてのおとっつあんのポジションに、今、チコがいて、オシマンべの役割をハーポが果たしているとも言える。しかし、十五年以上生きて、晩年はまるで仙人のようになっていたネコたちに比べると、チコもハーポも、あまりにも煩悩が強く、感情表現過多で、いささか手に余る。それはイヌとネコの差なのかもしれないけど。

「あなたはイヌ派？　ネコ派？」という問いかけを、よく雑誌などで見かけるが、両方を飼った経験のある人間にしてみれば、これは愚問である。

イヌとネコは決して相反するものではない。イヌを愛する人間はネコも愛する。どちらか一方のみが好きという人って、本当にいるのだろうか。もちろん、イヌとネコは見た目も性質も異なるので、好きの程度の差はあるだろうが、それは決して「〜派」と派閥形成されるほどの大問題ではない、と思うのだが。イヌネコ派にとっては、「□と△、どちらが好きですか」と聞かれるようなもので、それは決して好き嫌いで判断できることではない。例えばこれが「イヌ派ですか、サボテン派ですか」と問われれば、僕は間髪いれずに「イヌ派です！」と答えるのだが。

兄貴で紳士おひょいさん

おひょいさんこと、藤村俊二さんが亡くなった（二〇一七年一月二十五日没）。

おひょいさんには二つのイメージがある。晩年のダンディーな姿からは想像がつかないと思うが、以前のおひょいさんは、アフロヘアに細身のジーンズ。テレビで見かけるその芸風は、飄々《ひょうひょう》とした喋《しゃべ》り口の「良き兄貴」といった感じだった。例えていえば、所ジョージさんや木梨憲武さんに近い。たまにコント番組で見せる動きのキレや、転んだり、壁に激突したり、穴に落ちたりする間の良さは、堺正章さんを彷彿《ほうふつ》とさせる。

伝説のバラエティー「巨泉×前武ゲバゲバ90分！」におけるスラップスティックな動きは圧巻だったし、その芸風を最大限に生かした「スーパースター・8☆逃げろ！」は、小学生の僕を夢中にさせた。なにしろ、おひょいさん主演である。ほぼ意味なく世界中を逃げ回る姿を8ミリカメラで追うという斬新なドラマ（?）。斬新すぎてすぐに終わってしまったが。

そんなおひょいさんが、ある時、突然、テレビの世界から姿を消したかと思ったら、突然、小粋な老人となって戻ってきた。いきなりお洒落《しゃれ》なイギリス紳士に変身。でも適度に力の抜けた、その基本スタイルは以前と変わらなかったし、僕は以前にも増して好きになった。

　最初に僕の作品に出て頂いたのは「王様のレストラン」。「決して酔わない客」の役で、ワインを飲む度に、額の中央にある、酔いを醒《さ》ますツボを押す姿は、今観《み》ても爆笑ものだ。初監督映画「ラヂオの時間」では、どんな音でも作ってしまう、元音響効果係。花火のドーンという音を、雑誌で自分の頭をたたいて出すのは、おひょいさんのアイデア。録音部のベテラン瀬川徹夫さんが「あの発想は凄《すご》い」と絶賛されていた。

　ドラマ「総理と呼ばないで」の時は、最低支持率内閣の副総理役。「これ以上みっともない真似《まね》はやめよう」という副総理の台詞《せりふ》を、おひょいさんはいたく気に入ってくれて、「あの台詞は僕の座右の銘なんです」とおっしゃっていた。おひょいさん曰《いわ》く、「これ以上」というのが大事。つまり、みっともなくてもいいのだ、と。今よりみっともなくならなければ、それでいいのだ、と。「僕は常にそうありたいと思って生きてきました」という言葉が忘れられない。

以前、南青山に、おひょいさんが経営するワインバーがあった。大人の雰囲気で、でも決してかしこまっておらず、まるでおひょいさんそのもののような空間だった。和田誠さんや阿川佐和子さん、清水ミチコさん、南伸坊さんらと、年に一回はそこに集まった。僕はお酒は飲めないのだけど、なぜかその店で出されるワインだけは飲めた。深夜近くになると、おひょいさんがグラス片手にひょっこりと現れ「盛り上がってますか」と話に加わった。そして知らない間に、ひょいと姿を消した。おひょいさんの「ひょい」は、ひょいといなくなる「ひょい」である。

そしておひょいさんは、今度も、ひょいと旅立っていかれました。

おひょいさん、一緒にお仕事が出来て、光栄でした。

コロッケそば食する極意

近所の駅前にある立ち食いそば屋さん。誰もが知っているチェーン店だ。そこに行くと必ず注文するのがコロッケそば。

やはり立ち食いそば屋さんに入ったら、立ち食いそば屋さんでしか食べられないものを食したい。老舗のそば屋さんで、コロッケそばを出しているところを、僕は見たことがない。ジャンキーなムード漂うこのメニューは、やはり立って食べるのが相応《ふさわ》しい。

意外にコロッケそばを知らない人が多いのに驚く。好きな料理はと聞かれ、この名前を出すと、かなりの確率で「?・」の空気になる。こっちにしてみれば、学生の頃から親しんだ、かなりポピュラーな料理。奇異な目で見られるのは、かなり心外だ。しかもその目は、コロッケそばにだけではなく、コロッケそばを食す僕自身にも向けられることが多く、心外さは倍増する。

コロッケそばについて説明しましょう。「コロッケの中身がそば」もしくは「そば粉で作った

コロッケ」と思っている人がいたら、大間違い。それはコロッケそばではなく、そばコロッケです。丼の中の、温かいきつねそばを想像して下さい。そこからお揚げを取り除き、代わりにコロッケをのせてみましょう。具は他には刻みネギのみ。ワカメを入れる店もあるけど、あえてここはシンプルを極めたい。

かなりシュールな見た目であることは否定しない。そばの上にのっているコロッケの図は、かなりミスマッチ。草履を頭にのせたお爺《じい》さんに、ばったり道で出会った時くらいの衝撃。特に出来上がった直後は、そばと汁で構築された「そばエリア」と、その上の「コロッケエリア」がまったくかみ合わず、強烈な不協和音を奏でている。

それゆえ、すぐに箸をつけてはならない。ここで食べてしまうと、単に、そばの上に誤って落としたコロッケを食するのと同じことになってしまう。我慢して、しばらく待ってみよう。すると丼の中に変化が現れる。徐々に汁がコロッケに染み込んでいく。コロッケは、コロッケであることを断念し、汁と馴染《なじ》み始める。待つこと二分。ここでようやく箸を取る。しかし、コロッケをつまんで、口に入れるような下品な真似《まね》は、くれぐれも、しないように。この段階で食べてしまうと、それは単にそばつゆ味のコロッケを食べることになってしまいます。

まず、箸でコロッケをほぐす。汁を吸って軟らかくなっているヤツは、すぐに崩れる。そして現状を留《とど》めないくらいにコロッケを細分化してから、初めてそばと一緒に口に流し込む。これぞコロッケそばの醍醐味《だいごみ》。丼の中は、ほとんど阿鼻叫喚《あびきようかん》状態ではあるが、そんなことは問題外。出汁《だし》の上品な味わいと、元コロッケの力強さと油っこさが奏でる見事なハーモニーを楽しむ。東洋と西洋が口の中で融合するその瞬間、僕は、生きていることの幸せを感じずにはいられない。

コロッケそば、食べたくなったでしょ。

ちなみに僕はこれから、座って食べる形式の店で、天せいろを食べてきます。

米国ドラマに一喜一憂

「ブレイキング・バッド」というドラマをご存じですか。二〇〇八年から一三年までアメリカで、五シーズンにわたって放映された連続ドラマ。向こうでは大ヒットしたが、日本で知名度はもうひとつ。それでも、冴《さ》えない中年男が下半身丸出しで荒野に佇《たたず》んでいる、衝撃的な宣伝ビジュアルは、皆さんどこかで目にしたことがあるのではないか。

この「ブレイキング・バッド」に今、はまっている。まもなく幕が開く僕の新作舞台「不信～彼女が嘘《うそ》をつく理由」がクライムサスペンス風の喜劇なので、その参考にと、執筆前に観《み》始めたのが、きっかけだった。主人公は、ごく平凡な化学教師のウォルター。肺がんで余命いくばくもないことを知った彼は、家族に財産を残すため、化学知識をフルに活用して、麻薬の製造に乗り出す。善良な小市民が、自責の念と格闘しながら、徐々に犯罪の世界に足を踏み込んでいく。

はっきり言って、こんなドラマ、観たことがない。基本アイデアは素晴らしいけど、さすがに

これだけでは一シーズンもたないのではないか、アメリカのテレビドラマではありがちの「最初は面白いけど、だんだんグダグダ」パターンではないか、と観るまでは思っていた。しかし現在、三シーズンまで来たが、ドラマのテンションは上がるばかり。もしかしたら、僕が今まで観てきた映画、ドラマ、演劇の中で一番面白いかもしれない。そう言い切ってしまってもいいくらいの面白さだ。

とにかく脚本が凄《すご》い。ユーモア、サスペンス、感動。友情に家族愛。エンターテインメントの全てが詰まっている。

さすがにここまで来ると、制作者たちの当初の思惑を超え、ドラマが一人歩きを始めた感もある。行き当たりばったりな空気が少々漂い始めたが、決して悪いことではなく、まさにそれこそが連ドラの醍醐味《だいごみ》。ウォルターの家族や、彼の相棒ジェシーが辿《たど》る先の読めない人生に、まるで親戚を見守るような感覚で僕は一喜一憂している。道を歩いていて、たまに（スカイラー、さすがにあんなこと言っちゃいけないよなあ）などと真剣に考えたり。ちなみにスカイラーとは、ウォルターのセクシーな奥さんです。

役者も全員素晴らしい。主人公を演じるブライアン・クランストンを僕はまったく知らなかったが、まさに適役。善良なお父さんが次第に悪に染まっていく姿を、いくらでもあざとく演じられるのにぐっと抑え、真摯《しんし》に役に向き合っている。だから感動を呼ぶ。知性とワイルドさ、そして悲哀。日本版をやる時はぜひ草刈正雄さんにお願いしたい。

サブキャラクターも魅力的。一番のお気に入りは、ウォルターの義弟で、麻薬捜査官のハンク。タフで陽気で頼れる男だが、彼にもまたびっくりするような運命が待っている（ああ、書きたい！）。

「不信」に出演している優香さんもこのドラマのファン。もうファイナルシーズンまで観てしまったらしい。今、僕は三シーズンを観ていると言うと、「本当の面白さは、これからですよ」と彼女はにやりと笑った。ウォルター、お前は一体、どこへ行ってしまうのか。

クール美女の意外な素顔

吉田羊《よう》さんと最初に会ったのは九年前（二〇〇八年）。「グッドナイト　スリイプタイト」の終演後に、主演の中井貴一さんから紹介された。当時僕は劇団東京サンシャインボーイズの復活公演に出てくれる女優さんを探していて、彼女に会った瞬間に、（この人だ）と思った。本来は二十代前半の役だったが、設定を二十代後半に変更。ところがこの時、彼女は実は三十代前半だったそうで。本当に女の人は分かりません。

その後、「国民の映画」で二十代前半の新人女優エルザを、その再演で、ようやく年相応の役（マグダ・ゲッベルス）を演じて貰《もら》う。どの年代を演じても、違和感ないのが彼女の強みだ。

九年前、世間の人はほとんど彼女を知らなかったと思う。僕だってそうだった。それがあっと言う間に、テレビや映画で主演を張る人気者に。彼女が表紙になった女性雑誌を本屋さんで見つけると、照れ臭くもあり、誇らしくもある。

その凛《りん》とした佇《たたず》まいから、クールビューティーのイメージが強いが、稽古場ではその圧倒的な甲斐甲斐《かいがい》しさで、共演者やスタッフたちの心を摑《つか》む「気遣いの人」。むしろホットな世話女房タイプだ。

しかしどういうわけか、電話に出る時だけは、いたってクール。余計な世間話などせず、第一声はいつも「……はい」。半年ぶりの電話でも、そうなのである。こっちは「三谷さん、ご無沙汰しています。お元気でしたか？」みたいな対応を無意識に期待してしまうが、彼女はそんな浮ついたことは決して言わない。押し殺したような声で「……はい」。間違ってよそに掛けたんじゃないかと不安になるくらい、素っ気ない。まさにクールビューティーな電話の応対である。

そんな彼女のもうひとつの一面が「天然ぼけ」だ。あの容姿からは想像出来ないほど、とんちんかんなことをたまにやらかす。

「真田丸」では真田信之の妻の稲（小松姫）を演じて貰った。役作りの参考にしてもらおうと、僕が稲の生涯をどう描くつもりか、彼女に説明したことがあった。「第○回で真田家に嫁ぎ、第○回でこんなことがあり」と細かく説明する中で、「そして三十七回。遂《つい》に稲は家出をしてしまうんです」と伝えたら、羊さんはいたく感心。「凄《すご》いですね、三十七回も家出をするんですか」「いえ、三十七回家出したのではなく、第三十七回放送で一回だけ家出をするんです」。あの容姿でボケられたら、まさに最強である。

「クールビューティー」「世話女房」「天然」、様々な顔を持つ吉田羊さんが、去年（二〇一六年）の「エノケソ一代記」で演劇賞の女優賞を受賞した。自分が関わった作品で役者さんが評価されるのは嬉《うれ》しいもの。なぜなら、エノケソの妻「希代子さん」は、彼女が演じることを前提に書いた役だから。狂気の旅芸人に最後まで尽くす、明るくて哀《かな》しげでチャーミングな「希代子さん」は、彼女が僕に書かせてくれた役なのである。僕はいつも役者さんにホンを書かせて貰っている。

羊さん、おめでとうございます。

新作舞台で三つの挑戦

現在上演中の新作舞台「不信」。五十代半ばとなり、ちょっと気を許すと、すぐに安定志向に走ってしまう。こんなことではいけないと、気を引き締め、今までにないことにチャレンジしてみた。

ポイント1。まずは内容。初の心理サスペンス。多数の人物が入り乱れ、状況設定の面白さで見せる、いわゆる「シチュエーションコメディー」を中心にこれまでやってきた。今回はコメディーではあるのだけど、毛色が違う。今回のヒロイン優香さんはやたら嘘《うそ》をつくけど、同じような嘘つきヒロインである「君となら」の斉藤由貴さん（再演では竹内結子さん）とはまったく違う種類の嘘であり、その嘘から派生する状況も、彼女を待ち受ける運命もまったく別種のものである。

ポイント2。構成。僕の芝居は一幕一場であることが多い。つまりほとんど場面転換のない芝居を僕は作り続けてきた。今回は、めまぐるしくシーンが変わる。

　セットが一つの場合、その中ですべての物語が展開するように頭をひねるのだが、「不信」ではその呪縛から自分を解放した。いくつものシーンで成り立つシナリオ形式で書いてみる。結果、なんと三十四場。いつもより楽に書けると思ったらとんでもない。慣れていない分、むしろ手間取った。脳がワンセットドラマ用に固まってしまっていたのだろう。

　ポイント3。舞台美術。各場をいちいち飾り直していては、時間が掛かって仕方がない。シナリオのつもりで書いたからには、出来上がった舞台にも、映画を観《み》ているスピード感が欲しい。そこで美術家の土岐研一さんや舞台監督の本田和男さんらと試行錯誤を重ねる。
　二方向を客席に挟まれた舞台上には、六つの黒い箱が置いてあるだけ。その箱が縦横無尽(正しくは、縦の動きはないので横横無尽)に動いて、優香&段田安則夫妻のリビング、戸田恵子&栗原英雄夫妻のリビング、両家に挟まれた庭、公園、警察署の取調室、夜の道等々、様々な場所を表現する。演劇的には決して珍しい手法ではないと思うが、どちらかというとリアリズム寄りにやってきた僕としては、これも初めての試みである。

公演初日の会見で、僕はこの椅子が「コンピューターを使ってボタン一つで動く、画期的なシステム」と発言し、数人の素直な記者さんがそれを記事にした。申し訳ありません。そんなシステムはどこにもありません。奈落（舞台の下）にいる三人の優秀なスタッフ（小島慎一郎さん、泉智幸さん、宮沼康弘さん）が、椅子に繋《つな》がった綱を、タイミングに合わせて引いているのです。「出来るだけコンピューターの気持ちになって引いて下さい」という、かなり無茶《むちゃ》なお願いに対しても、嫌な顔ひとつせず、彼らは本番中、狭い奈落で黙々と綱を引き続ける。「不信」は彼らでもっていると言ってもいい。

ホンを書く時も稽古場でも、今回は苦労の連続。新しいものを作る時はいつもそうだ。でもおかげで、面白いものが出来た気がする。あとはお客さんがそれを楽しんでくれるかどうか。

若者よ、頼りにしてます

上演中の「不信」はスタッフを若手で固めている。プロデューサーの意向である。僕と、若くて才能のある人たちを組ませようと考えたようだ。

というわけで、全スタッフの中で、僕は最年長に近くなった。かろうじて音響プランナーの井上正弘さんが上にいるくらいだ。学生の頃からテレビの仕事をしていたので、長い期間、大抵の現場で最年少だった。いつか来る来るとは思っていたが、遂《つい》に来ました、周囲がほとんど年下というこの現実。

舞台監督の本田和男さんは五年前（二〇一二年）の「其礼成心中《それなりしんじゅう》」からのお付き合い。今までは舞台監督助手だったが、今回、晴れての一本立ちである（僕以外の現場ではとっくに助手を卒業していた可能性はあるが）。彼が三十七歳と知った時、実はほっとした。童顔のキックボクサーを思わせる素朴な風貌《ふうぼう》は、二十代後半に見えないこともないからだ。三十七ならまだ許容範囲。

自分が高三の時に生まれた人間と一緒に仕事をする、一抹の淋《さび》しさは確かにある。しかし本田さんは、頭も柔軟、笑いのセンスもあり、とても頼れる舞台監督だ。年齢差から来る居心地の悪さは結局、最初だけだった。最近では、むしろ兄のように慕っている。

　さらに今回初めて演出助手で付いてくれた伊達紀行さん。彼は、平成二年生まれの二十六歳。これには衝撃が走った。平成二年といえば、ついこないだではないか。そんな年端もいかない少年に、演出助手などという大役を任せてしまっていいのか。なにしろ、僕が劇団をやっていた頃、彼はまだおしめをしていたのである。

　しかし、今もおしめをしているわけではない。少年でもない。彼は彼なりに既に人生経験を積み、数々の演出家と組んで、ここまでやってきた。頭も切れるし、仕事は速い。まったくもって演出助手として申し分ないのである。

なにより伊達さんは、返し稽古をする時の「では○ページの誰々さんの台詞《せりふ》からもう一度お願

いします」という指示の出し方が素晴らしい。演出家が今、稽古でやろうとしていることを的確に判断し、それに見合った台本の箇所を瞬時に選ぶ。演出助手の技術と同時に、演出家との相性も必要になってくる。稽古初日、見事に自分の思いと一致する伊達さんの「返し」の指示に、僕はほれぼれとし、一生この人に付いていこうと思った。

改めて思う。この仕事でものを言うのは「能力」。年齢は関係ない。もっと年配の俳優ともっと歳下《としした》のスタッフが、稽古場で一緒に舞台を作ることだってある。考えてみれば、ここまであらゆる世代が己の才能を出し合って、ひとつのものを作り上げる現場って、演劇や映画やテレビくらいしか思いつかない。

本田さんにしろ伊達さんにしろ、既にあの歳で、遥《はる》かに僕より「芝居の現場」を知っている。こっちは未《いま》だに、どっちが舞台の上下《かみしも》か、たまに分からなくなる、似非《えせ》演劇人です。若者たちよ、頼りにしています。

ちなみに今回、和田誠さんはお休み。本田、伊達両氏の似顔絵は僕が描きました。

老ガンマン違って見えた

ジョン・ウェインの「ラスト・シューティスト」が日本で公開されたのは、昭和五十四年。西部劇にはさほど興味がなかったが、登場人物の似顔絵で構成されたポスターを手掛けたのが、「オリエント急行殺人事件」や「インディ・ジョーンズ」シリーズのリチャード・アムゼルという人。この人が関わった映画は、なぜか必ず僕の好みに合っていて（ポスターの隅に彼のサインが入っている）、そんな理由から映画館に観《み》に行ったのを覚えている。

正直に言うと、あまり好きな作品ではなかった。末期がんで余命宣告を受けた老ガンマンの、人生最後のガンファイト。題材のせいか、全体を通して妙にしんみりしていて、なかなか話がはずまない。はずんだと思ったら、一気に終わってしまう。ジョン・ウェインの遺作になったこともあり、彼や西部劇に思い入れのある人には感慨深い作品かもしれないが、そうでない僕みたいな観客（当時十八歳）にはピンと来なかった。

その「ラスト・シューティスト」がブルーレイになったので、三十七年ぶりに観直してみた。やはり妙にしんみりしていて、はずまない映画だった。だが、この歳《とし》で観ると、そのはずまなさがたまらなく、いいのである。しんみりが、たまらないのである。映画は変わらないのだから、僕が変化したということか。

　ジョン・ウェインを知らない読者の方も多いだろう。かつてのハリウッドのトップスター。日本でいえば、高倉健さんみたいな感じか。スクリーンの中で佇《たたず》んでいるだけで絵になる男。どんな役を演じても、役柄よりまず「ジョン・ウェイン」としての存在感が全面に出る。そんなところも健さんに似ている気がする。

　映画の冒頭、主人公ブックスの半生が紹介される。そこで流れる映像は、実際にジョン・ウェインが出演していたかつての映画のワンシーン。さほど思い入れのない僕でもぐっと来たのだから、ファンにはたまらなかっただろう。若く颯爽《さっそう》としていた頃の姿を見せた後、現在の老いたウェインが、老いはしたが年相応に格好いいウェインが登場する。素晴らしい構成。ここを素通りした十八歳の自分は一体何を観ていたのか。

はっきり言えば、老ガンマンがうろうろしているだけの映画である。しかし、髭《ひげ》をたくわえて少々太ったウェインが、ゆっくりとこっちに向かって歩いてくるだけで、もう胸が熱くなる。同じ西部劇スターだったジェームズ・スチュアートとの息の合った共演シーンは、仲良しのお爺《じい》ちゃん同士がじゃれ合っているようにも見えて、心が和んだ。

この映画が、ただの「過ぎ去った過去へのオマージュ」になっていないのは、出演者の中にロン・ハワードがいるのが大きいと思う。老ガンマンに憧れる青年を演じた彼は、今では「ダ・ヴィンチ・コード」などでお馴染《なじ》みの名監督。やがてハリウッドを牽引《けんいん》していく彼が、かつてハリウッドを引っ張っていた名優の脇に寄り添うように立っている。それはなにかの奇跡を見ているような気分だ。映画の神様の粋な計らいのように思えてならない。

新しいことが始まる4月

四月。新学期のシーズン。とは言っても学生時代とは違って、別に進級するわけでも進学するわけでもなく、これといった目立った変化はない。ゆっくりと冬から春になったことを実感するくらい。それでもこの季節には、何か新しいことが始まるような、期待感を抱いてしまう。小説でいえば、新しい章に入る時の、あのわくわく感。

今、僕は次の芝居のホンを書いている。小学校の教室が舞台で、登場人物は全員小学四年生。それを大人の俳優たちが演じる。チラシには「芝居のうまい子役がなかなか揃《そろ》わず、芝居のうまい大人の役者に集まって貰《もら》うことにしました」と書いたけれど、あながち冗談ではない。

これまで実際の子供たちが小学生を演じている作品は、映画やドラマで何度も観《み》ているが、どこかリアリティーに欠けているように思えることがあった。自分の子供時代と重ねて、(あんな同級生はいなかったよなあ)(芝居が硬いなあ)などと違和感ばかりが先に立ってしまう。

考えてみれば当然である。演じる子役たちは、みな、演技経験が少ない。芸歴二十年以上は皆無。型にはまった演技しか出来なくても仕方がない。そこで本当に芝居が出来る大人の俳優たちが、真剣に子供を演じるとどうなるのか。どうしても観たくなった。映像ではコントになってしまうが、舞台なら出来る。今回集まって貰った役者たちは、演技力がある人ばかり。その上、全員が、子供経験者。先にハードルを上げさせてもらうが、見事に十歳を演じてくれるはずである。

舞台は、僕の小学校時代、つまりは昭和四十六年の東京に設定した。自分の少年の頃の記憶を元に、あの頃の子供たちを描いてみたいと思う。

漫画家の浦沢直樹さんは僕とほぼ同世代で、実は育った場所も目と鼻の先。名作「20世紀少年」に登場する、主人公ケンヂとその仲間たちの少年時代の描写は、僕が自分の小学生時代に抱いているイメージと、ほとんど変わらない。つまりはあんな感じです。

なぜ小学四年生かといえば、その世代は、そろそろ自我が芽生え始める頃。言ってみれば「大人への第一歩」を踏み出した子供たちだ。書き手としてはやはり興味がある。それより下だとちょっと幼過ぎて、ドラマになりにくいし（なにより六歳児を演じる大泉洋《よう》はあまり観たくない）、それより上だと、精神構造がどんどん複雑化し、大人を描くのとそう変わらなくなってしまうか

らだ。

ちなみに藤子・F・不二雄先生の「ドラえもん」ののび太君も十歳。ジャイアンもスネ夫もしずかちゃんもみんな、十歳である。児童文学の古典アミーチスの「クオレ　愛の学校」の主人公が小学四年生。「ちびまる子ちゃん」が一学年下の小学三年生。「サザエさん」のカツオが十一歳の小学五年生。やはり書き手の創作意欲をそそる年代なのだろう。

今回登場するのは、無限の可能性を秘めた十人の十歳児。今月中には脱稿する予定。この季節に相応《ふさわ》しい、前向きな作品にしたいと思っています。

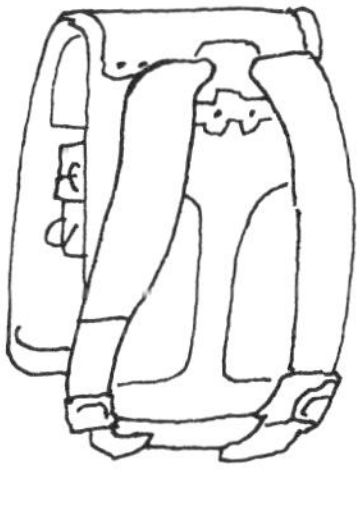

大丈夫、栗原英雄がいる

「真田丸」のキャスティングをしていた頃。メインキャストはほとんど揃《そろ》ったが、主人公信繁の叔父、信尹《のぶただ》役が決まっていなかった。真田昌幸の弟で、彼の手足となり上杉家や北条家を渡り歩いた、武将というよりは外交官。歴史的には有名ではないが、「真田丸」では、信繁に大きな影響を与える、重要なキャラクターだ。

会議ではいろいろな人の名前が挙がったが、決め手に欠けた。今まで信尹が大河ドラマに登場したことはない。恐らく今後、信尹といえば、「真田丸」で演じる俳優さんの顔を思い浮かべる人が増えるだろう。責任は重大である。

そんな折りに観《み》た舞台「タイタニック」。あの有名な海難事故をミュージカル化した、大スペクタクル。大勢の登場人物の中、乗客の一人を演じている、とある役者さんに、僕は釘付けになった。自分が探している「信尹」がそこにいた。落ち着いた物腰に鋭い視線。知的で優しげだが、どこか腹をくくった男の凄《すご》みも感じる。すべてが、知将真田信尹そのものだった。芝居の後半は、もう彼しか観ていなかった。観終わってすぐにプロデューサーに「信尹がいましたよ」と連絡したのを覚えている。

　それが栗原英雄さんである。お恥ずかしい話だが、僕はこの時まで、彼のことをまったく知らなかった。劇団四季出身のベテランだというのに、勉強不足もいいところだ。

「真田丸」は栗原さんにとって初めての大河ドラマとなり、初のテレビドラマとなった。一年にわたって彼は信尹を真摯《しんし》に演じてくれた。彼を知らない人は、誰もドラマ初出演とは思わなかっただろう。それほど栗原さんは、あの役にはまっていた。その演技は想像を遙《はる》かに超えた。

　上演中の僕の舞台「不信」にも栗原さんに出て頂いている。主人公夫婦にからむ謎の隣人というミステリアスな役を、これまた落ち着いた演技で、完璧にこなしている。

　実際にお会いしてみると、普段の栗原さんはイメージ通りの、大人な雰囲気の方であった。たまに見せるお茶目《ちゃめ》な部分が、非常にキュート。舞台の幕が開いてすぐの頃、本来登場しなければならない場所とは正反対の出入り口から、いきなり舞台に現れて、ステージ上の段田安則さんと優香さん、そして見守るスタッフ一同を戦慄《せんりつ》させた。

　ご本人いわく、「完全にスタンバイの場所を間違えました。

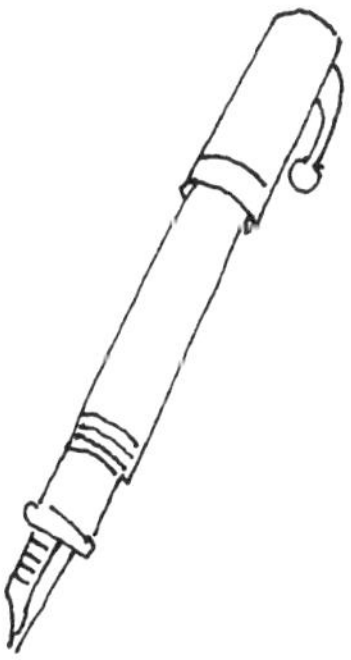

出た瞬間、いつもと違う光景が目の前に広がったので、いやあ、面食らいました」。面食らったのは僕らの方である。それを真顔で、しかもソフトな声で言うものだから、おかしくてたまらない。僕の書くものとは相性が良さそうなので、栗原さんには今後もいろいろお願いしたいと思っている。

たまに昔の映画やドラマを観ていて思うことがある。僕がその時代に仕事をしていたら、きっとオファーしていたであろう役者さんたち（例えばそれは岸田森さんであったり、成田三樹夫さんであったり）。叶《かな》わぬ夢に、少し淋《さび》しい気持ちになってしまうのだが、もう大丈夫。

僕には栗原英雄がいる。

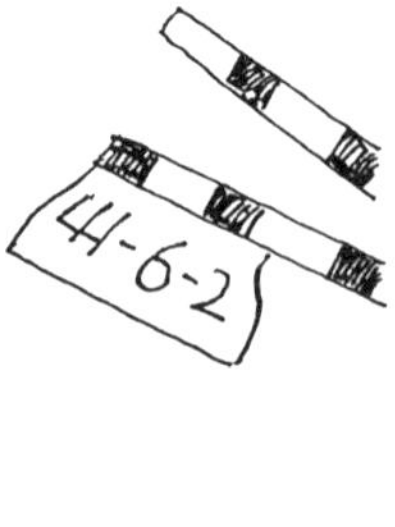

「どなた様でしょうか？」

家で仕事をしていると、外出中の妻からメールが。近くの喫茶店でお茶していたら、隣のテーブルにオードリーの若林正恭《まさやす》さんがいたという。

若林さんとは家が近所。よく路上でばったり会う。あまりに何度も会うのでアドレスの交換もした。早速、彼にメールを送る。「今、あなたの隣にいるのは、僕の妻です」

その時、頭に浮かんだ光景は、それを読んだ若林さんが妻に挨拶《あいさつ》、なんとなく気まずい空気の中で、「奇遇ですねえ」とかなんとか社交辞令の会話を交わして席に戻る。人見知りの彼を少しだけ困らせる、小さないたずらのつもりだった。

ところがだ。若林さんからの返信は意外なものだった。

「失礼ですがどちら様でしょうか」

どういうことだろう。発信元を見れば僕だということが分かるはず。芸人特有のノリか。だと

したらここで「三谷ですよ」と返したら「洒落《しゃれ》の分からない奴《やつ》だな」と鼻で笑われるのがオチ。相手は、見た目は地味でも、第一線で活躍している笑いのプロ。ここで生半可なリアクションは出来ない。いきなり追い詰められた形となった。必死に考えて打った文面はこうだ。

「今夜、お宅へ伺《うかが》って話します」

前に会った時、お互いの住所を確認し合い、大晦日《おおみそか》は一緒に過ごしましょうと、約束して（もちろんジョーク）別れたのを踏まえてのこと。するとすぐに返信があった。

「失礼ですがどなた様でしょうか」

おや、この人は本当に僕が分かってないのではないか。アドレスを登録しなかった可能性は十分ある。しかしここで「三谷でした」と白状しておいて、実はやはり芸人特有のノリだったとしたら、（だっせー、白状しやがった）と馬鹿にされる危険性が。それだけは喜劇作家として避けなければならない。

思案した揚げ句、もう一度「今夜、行って話します」と打ってみる。「家、知ってるんですか」「知っています」。その後も、相手の出方を探り合うスリリングなメールのやりとりが続いた。

僕としては、早いところ「三谷さん、もうよしましょう」と向こうから言ってきて欲しかった。だが若林さんは頑として、僕が誰だか知らない体を貫く。僕も「三谷でした」と打ちたいのだが、向こうが洒落なのか本気なのか判別できないうちは、こちらからは名乗るわけにはいかない。

やがて若林さんからこんなメールが届いた。

「どなたか知りませんが、これ以上一通でもメールしてきたら、警察に届けます」

本気を感じた。確実にいたずらメールと誤解している。僕をストーカーまがいのファンだと思っていたのだ。僕はすかさず返した。

「ごめんなさい。三谷」

数秒後、これまでの緊迫したやりとりの相手と同一とは思えない、低姿勢なお詫《わ》びが絵文字と共に送られてきた。

「三谷さんでしたか、本当にすいません！」

自分の打ったメールを読み返し、彼がどんなに怖い思いをしたか、改めて確認する。若林さん、こちらこそ本当に、すみませんでした！

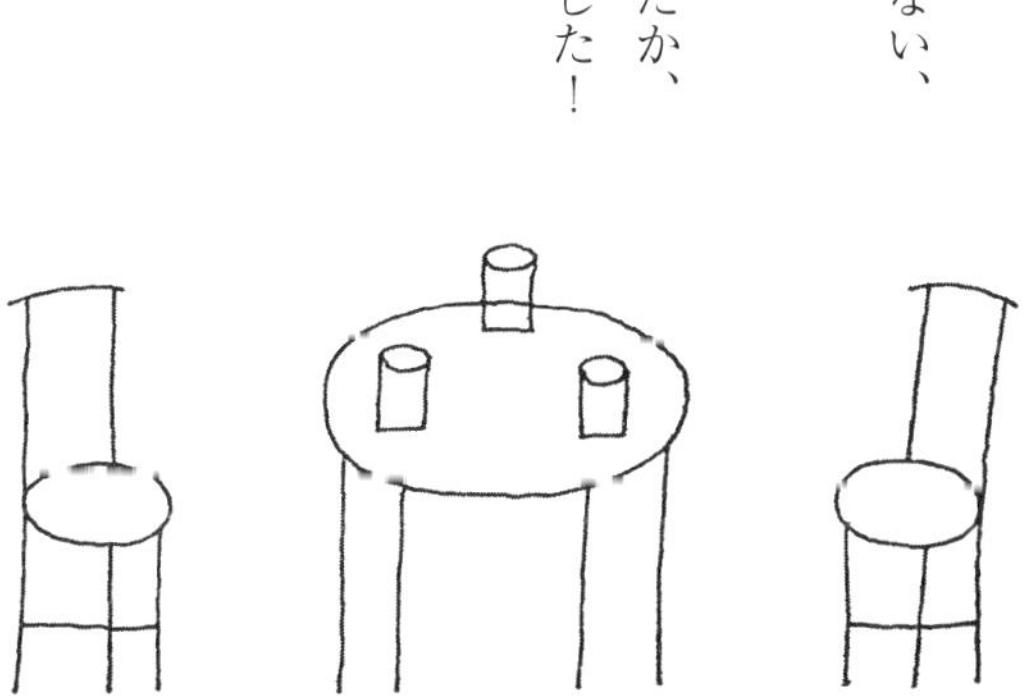

「飯尾警官」の絶妙返し芸

前回に続き、芸人さんの話。

飯尾和樹さん。そのごっつい見た目、存在感のある前歯、独特の世界観の持ちネタ、トークにおける当意即妙の切り返しなどで、ご存じの方も多いと思います。

天海祐希さんと石田ゆり子さんが経営するスナックに、ゲストが客として訪ねていく設定のトーク番組に、呼んで貰《もら》った。てっきり三人で語り合うのかと思ったら、僕のコーナーは連続ミニコント。店の裏で酔いつぶれているサラリーマンが僕、そして通り掛かった警察官を演じたのが、飯尾さんだ。

リハーサルも打ち合わせもまったくなしの、ぶっつけ本番。当然台本もない。「どんなことがあってもカメラは止めません。撮り直しもありませんので」とディレクター。飯尾さんとは一面識もなく、撮影前にちょっとご挨拶《あいさつ》しただけ。

あっという間に準備が整い、カメラが回り出す。路地裏のセットで僕が酔っ払いの一人芝居をしていると、自転車に乗った制服警官の飯尾さんが現れ、職務質問が始まる。

　バラエティーで、さんまさんや関根勤さんにいじられている飯尾さんは観《み》たことがあっても、彼が「芝居」をしているところは初めてだった。勉強不足ですみません。僕の適当なアドリブを真顔で聞いているその姿は、顔の大きさもプラスし、おかしさに満ち溢《あふ》れていた。僕は早いうちに、これは彼の芝居を楽しむコーナーであることに気づいた（そもそも僕は顔がほとんど映っていない）。

　飯尾さんは、こちらが何を言っても、丁寧に掬《すく》い取ってくれる。しかも言葉のチョイスが見事。住まいはどこかと聞かれて「春日部《かすかべ》」と答えると（店の設定は曙橋《あけぼのばし》）、彼は「こりゃ駅三つは乗り換えるな」とこぼす。「なんでそんな遠いところから来たの」などという当たり前の切り返しは絶対にしない。

「お勤めはこの近所？」と飯尾さん。「春日部だよ」「春日部で勤めて、曙橋で酔って、春日部に帰るの？　なんで春日部で酔わないいかなあ」
　この「酔わないいかなあ」が味わい深い。「飲まないのかなあ」ではダメなのだ。
　最後、僕はようやく店から出て来た天海さんと石田さんに、腕を抱えられて連れ出される。その時「自分も店で語りたかった。マイブームの話、したかった」とぼやいてみた。ゲストたちが自分のマイブームについて語るのを、モニターで観ていたからだ。すると飯尾さんが「ちなみに何なのよ、マイブーム」と聞いてきた。咄嗟《とっさ》に「恐竜」と答えると、「壮大だな、また」と飯尾さんが返し、その瞬間、スタッフが爆笑。

飯尾さんには僕が何と答えようと、必ず笑いに持っていく自信があったのだろう。「クラゲ」と答えようと「盆栽」と答えようと、彼はきっと絶妙な返しをしていたはず。そこに彼のコメディアンとしての自負と凄《すご》みを感じた。オンエアでは、残念ながらそこはカットになっていたが、あの時、スタジオは完全に飯尾和樹ショーとなっていたことをご報告します。

こんな凄い人がいるのだから、日本のお笑い界はまだまだ安泰である。

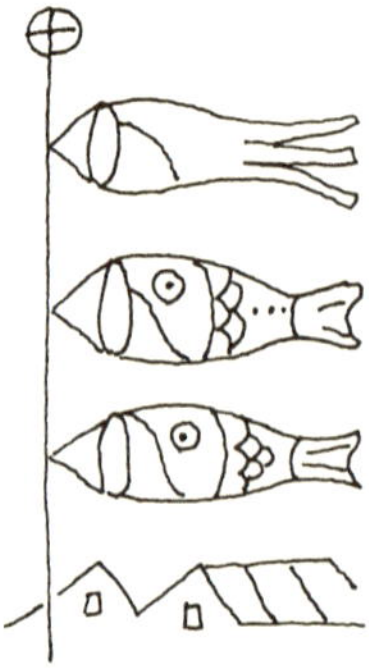

記憶完璧「ウルトラの父」

訳あって、最近「ウルトラマン」をブルーレイで観直《みなお》している。オンエアされていた昭和四十一年、僕は五歳。当時、実生活でどんなことがあったのかは、ほとんど記憶にないのだが、「ウルトラマン」のエピソードは事細かに覚えている。

もちろん再放送も観ているはずだし、番組関連の本も何冊も持っていたので、すべてが初放映時の記憶ではないのだが、それでも怪獣の名前は当然のこと、ストーリー、台詞《せりふ》に至るまでほぼ完璧に記憶している自分に驚く。

一話から始めて今、シリーズの三分の二まで来たところだが、バルタン星人やレッドキングといった有名どころから、変化球のジャミラ、ガヴァドン、マイナー系のチャンドラーやブルトンに至るまで、登場した瞬間、怪獣の名前とその特徴を言うことが出来る父親を、まもなく三歳になる息子は尊敬の眼差《まなざ》しで見ている。たまにまったく記憶にないヒドラやグビラといった怪獣もいて、これはたぶんオンエアの日に熱でも出して寝ていたのではないかと思われる。

改めて気づいたのは、ウルトラマンの登場シーンが驚くほど短いということ。特撮が売りのドラマではあるのだが、制作サイドとしては、やはりお金のかかるバトルシーンは少しでも減らしたかったのか。ウルトラマンが地球上にいられる時間が限られているのも、そうした事

情があったのではないだろうか。
ドラマの実質的主役は、ウルトラマンに変身するハヤタ隊員であり、彼が所属する科学特捜隊のメンバー。僕は、明るくて頭が良くてナイーブなイデ隊員が大好きで、演じていた二瓶正也《にへいまさなり》さんには、「総理と呼ばないで」というドラマにSPのキャップ役で出て頂いた。
ウルトラマンと怪獣たちとの戦いは、記憶よりも遥《はる》かに生々しく「肉弾戦」のイメージだ。怪獣はもっと火を吹いて、ウルトラマンも様々な光線を放つように思っていたが、実際は、ほぼとっくみあいである。必殺技であるスペシウム光線すら、ここぞという時にしか繰り出さない。むしろウルトラマンの特技は、背負い投げ。大抵の敵は、これで背中を傷め、それが致命傷になる。まるで柔道の試合を観ているような気分だ。
人間の体形そのままの三面怪人ダダとの対決で、倒れたダダの首を両足で挟み絞め上げるウル

トラマンの姿は、まるでプロレスごっこで盛り上がる中学生である。技術が飛躍的に発達した現代の特撮映画を知っている人には、いささか物足りないかもしれない。しかし、この独特の世界観は、物語全体をファンタジーとして包み込み、観る者を温かい気持ちにさせてくれる。どんなに怪獣たちが悲惨な最期を遂げようとも、きっと彼らにはまた会えるような気がしてならない。

ちなみに息子が気に入ったエピソードは、ガヴァドン、ジャミラ、シーボーズが出てくる回。これらは、すべて実相寺昭雄監督のもの。他の回とはひと味もふた味も違う独特の映像美は、三歳の子供の心を確実に捉えていた。恐れ入ります、実相寺監督。

太っては痩せ、また……

高校時代、体重は五十五キロだった。身長は今と同じなので、当時の写真を見るとかなりのひょろひょろである。

大学を出て、放送作家をやっていた時は八十キロを超えていた。徹夜で原稿を書くことは日常茶飯事。そうでない時は、作家の先輩やディレクターに連れられて赤坂近辺で朝まで飲み歩いた。お酒は一滴もダメだったので、かなり過酷な体験だった。

焼き肉屋さんを出ると夜が明けていた、といった生活を二年続けているうちに、体重はみるみる増加した。顔も身体《からだ》もまん丸になった。ある女優さんに「三谷さんて百キロあるんですか」と聞かれた時、痩せようと決意した。飲み会の誘いを断り、柄にもなくジムに通い、半年で十キロほど減量。しかし、丸顔の損なところは、痩せても周囲に気づかれないこと。ようやく七十キロまで落としたのに、友人から「太った？」と言われた時、顔の丸さを心から恨んだものだ。

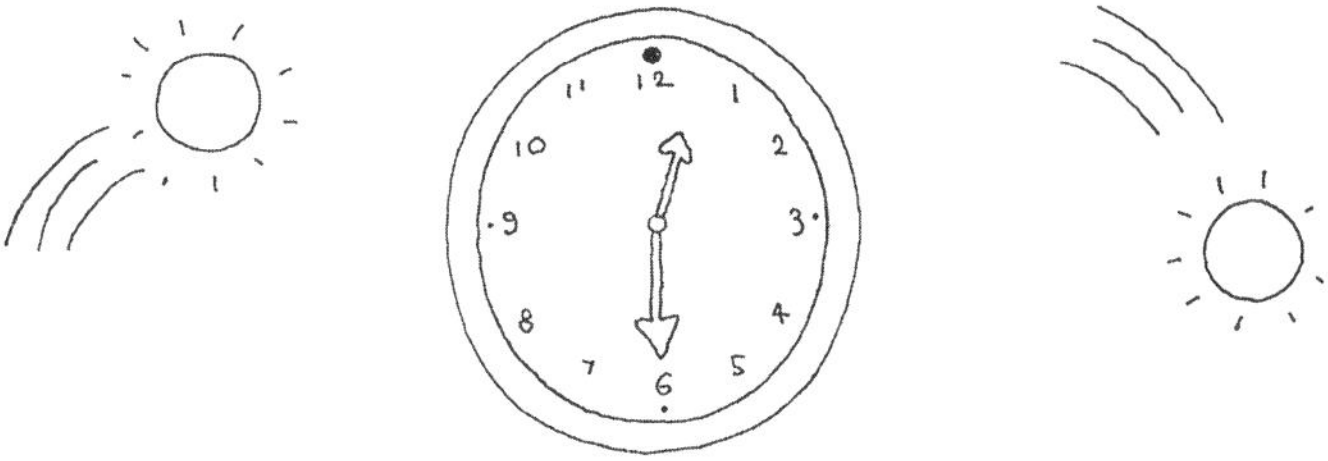

だが、この時のダイエットが仇《あだ》となった。それからは多少体重が増えても、（これは仮の姿）と思うようになり、（いざとなればすぐに落とせる）という妙な自信が、体重増加を後押しした。

三十代は七十五キロ前後。舞台で初日直前に主演俳優の一人が降板するという事件が起きた。新しい役者さんを呼んで一週間後に幕を開けた時、七日間で八キロ痩せた。しかし、そのことがまた大きな自信となり、四十代、体重は増え続けた。

人間ドックに行くと、お酒も飲まないのに脂肪肝と言われた。大河ドラマを書いていた二年で、さらに四キロ太った。イヌの散歩以外は運動もせず、人にも会わず、部屋に籠《こ》もってただただ書き進める。太らないはずがない。

脱稿したら痩せようと思ったが、思っただけだった。舞台で古川ロッパ（正確にはその偽者）を演じることになり、美食家で巨漢だったロッパに似せようと、デ・ニーロ・アプローチを気取って、さらに増量。それでもまだ（オレはいざとなれば、痩せられる男）という哀《かな》しい自信。

これはまずいと思ったのは、クローゼットに掛かっているスーツのズボンがひとつもはけなくなっていた時。体重の増加に関しては、さほど自覚がなく、体重計にのるのもとうにやめていたので、誰かのいたずらではないか、と本気で疑ったくらいだ。

芝居の初日に舞台挨拶《あいさつ》する光景を、テレビで観《み》た複数の知人から「太り過ぎではないか」「なにかの病気では」という連絡を貰《もら》った。事務所の女性スタッフにも「太りましたよね」と言われた。普段、プライベートなことには口を挟まない人なので、よほど太ったのだろう。

十年来のジムのトレーナー池澤智《とも》さんに相談し、一念発起。あくまでダイエットではない。元に戻すだけ。無理はしたくなかったので、制限とは言えないくらいの食事制限と、週二回のささやかなジム通い。二カ月でなんとか、ズボンが入るまでには体重を戻すことに成功した。めでたし、めでたし。

さて、この文章が皆さんの目に触れるまでに、リバウンドしていないことを祈るのみ。

今一番怖いのはタガメ

取材を受けることはあっても、大抵は仕事がらみの質問で、アイドルのように「今、一番怖いものはなんですか」と聞かれるケースはまずない。だから自らこの場を借りて言わせて貰《もら》う。今、一番怖いのは、タガメである。

カメムシ目コオイムシ科に属するタガメ。水の中にすむ昆虫としては、国内でもっとも巨大といわれる。成虫で六センチくらい。

僕は実際に見たことはない。子供の頃に、ゲンゴロウやミズスマシなどと一緒に、水辺に生息する昆虫としてインプットされたきり。この歳《とし》になるまで、タガメについて考えたことは一度もなかった。

まもなく三歳になる息子は図鑑を眺めるのが大好き。「動物」「恐竜」ときて今は「昆虫」にはまっている。図鑑には各巻ごとにＤＶＤが付いており、映像も楽しめるようになっている。

息子は勝手にデッキの電源を入れ、トレーを出してディスクをセット、テレビの前に椅子を移動させて腰掛けると、「始まる始まる」と大声で僕を呼ぶ。一つのものを繰り返し観《み》るのが、彼には苦痛ではないようだ。「昆虫」DVDももう何回観せられたことか。そしてその度に、僕はタガメの衝撃映像を観るはめになるのである。

タガメは肉食である。小魚や、カエルを食べる。そのDVDには、タガメがカエルを捕まえる瞬間が収められている。水草のそばに潜んだタガメは、カエルが寄ってくると、一瞬にして捕獲する。自分よりも大きな獲物に両腕で抱きつき、羽交い締めにしてしまう。そして尖《とが》った口先をカエルの太ももあたりに突き刺し、しびれ薬のようなもので、相手の動きを封じ込める。

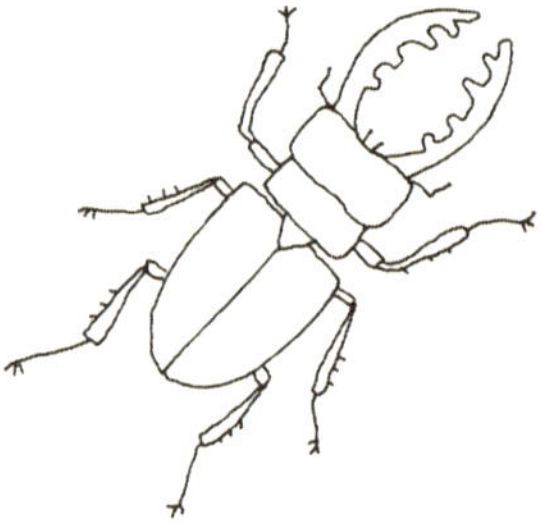

これだけでもう怖い。動けなくなったカエル、押さえ込んでいるタガメ、共に無表情なのが、怖さを倍増。眉毛ひとつ動かさずに淡々と仕事をこなすタガメは、まるで北野武映画に出てくる殺し屋のようだ。実際、彼らには「水中のギャング」の異名があるという。

さらに恐ろしいのが、タガメの食事法。なんと彼らは、相手に突き刺した口先から、謎の液を注入し、相手の体内を溶かし、それをちゅるちゅると吸い上げるというのだ。想像を絶する食べ方である。タガメにだけは捕まりたくないと心から願う。身体《からだ》の内部を吸い取られていくカエル君のつぶらな瞳は、決して忘れない。タガメももう少し美味《おい》しそうな顔をすればいいのに、ことここに至っても、まったくのポーカーフェース。怖すぎる。こんなホラー映像を、毎日息子に観せられているのである。観ている息子も無表情なので、それもまた恐ろしい。

このタガメ、繁殖期には空も飛ぶらしい。まさか攻撃はしてこないと思うが、道を歩いていて突然背後から羽交い締めにされる光景を想像したら、もう夜も眠れない。

タガメは今、絶滅が危惧されている。恐ろしいけれど、だからといって、この世からいなくなれば良いというものではない。彼らは彼らで必死に生きているだけ。

今は一日も早く息子が飽きて、次の巻に進んでくれるのを祈るしかない。「宇宙」あたりだと嬉《うれ》しいのだが。

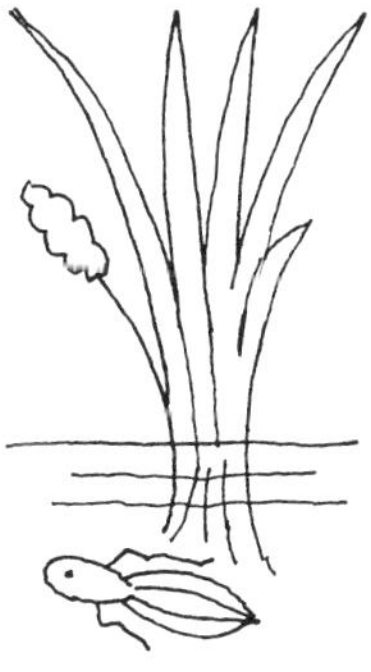

荒っぽかった子供の遊び

新作舞台「子供の事情」の設定は、僕が十歳だった昭和四十六年。世田谷のはずれ、とある小学校の教室を舞台にした、小学四年生たちの群像劇である。

当然、会話の中には彼らが普段やっている「遊び」の話が出てくる。台本執筆は、当時、僕らがやっていた「遊び」を可能な限り思い出すことから始まった。

この年は、アメリカンクラッカーが大ヒット。ご存じない方も多いと思うが、紐《ひも》の先にぶら下がった二つのボールを空中でぶつけ合って音を出すおもちゃで、こう書くと何が面白いのかさっぱりだと思うが、それなりに楽しかったのを覚えている。ボールの音がうるさいという理由で禁止にする学校が増え、あっという間にブームは去った。

禁止といえば、「人工衛星」というゲームをご存じだろうか。これも怪我《けが》をすると危険だということで、僕の学校ではNGとなった。十人ほどで円陣を組み、手を繋《つな》いでぐるぐる回る。「人工衛星、人工衛星、飛んだ！」と叫んで、一斉に手を離す。回転していた勢いで参加者たちは広範囲に飛ばされる。飛ばされた位置から、他の参加者のいる場所へジャンプし、相手の足に自分の足を引っかけて転ばしたら勝ちという、ずいぶんと荒っぽいゲームである。

　少年時代の僕には危険なものを回避する習性があった。幼い頃からジャングルジムもブランコも苦手で、シーソーですら、乗るのが怖かった。自分が上にいる時に、反対側に乗っている相手が突然降りたらどうしようと、誘われても絶対に乗らなかった。僕は自分以外の誰も信じない、猜疑心《さいぎしん》の塊のような少年だった。当然、数々の危険をはらんだ「人工衛星」も大嫌い。こんな危ない遊びは早く禁止になればいいと密《ひそ》かに思っていた。

　清水ミチコさんは小学生の頃、左右に揺れるブランコの下に横たわり、ひたすら恐怖と戦う「スリル」という遊びを考案した。彼女と同級生でなくて本当に良かったと思っている。十歳の僕を無理矢理ブランコの下に寝かせ、泣きながら抵抗する僕を尻目に、その上で、爆笑しながらものすごい勢いでブランコを漕《こ》ぐ十歳の清水さん。手に取るように光景が目に浮かぶ。絶対にごめんである。

　チーム対抗の「馬乗り」。守る側は、一人が壁を背に立ち、残りの人は、前の人の足の間に頭を入れる形で数珠つなぎに「馬」になる。攻める側は、助走をつけて、その「馬」に次々とまたがっていく。「馬」が崩れたら、守る側の負け。これもまたかなり荒々しいゲーム。とにかく同級生とはい

え、他人の股間に頭を埋めるのがイヤだったし、背中に人を乗せるのも、人の背中に飛び乗るのも、なにもかもがダメだった。付き合いで何度かやっていたけど、まったく楽しさが分からなかった。

子供の遊びは、危険が付きもの。だからこそ楽しいのだけど、当時の僕はそれをまったく理解していなかった。あんなことが出来るのは、子供の時だけだと分かっていれば、もう少し積極的に参加していたのに、大人は誰も教えてはくれなかったのである。

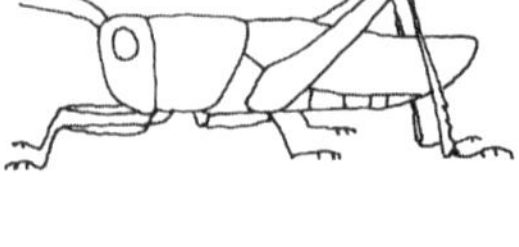

たまご料理に心乱れて

近所のカフェでモーニングを頼んだ時のこと。

僕はメニューを見て、目玉焼きとサラダが付いたトーストのセットを頼んだ。だが、十分ほどして目の前に現れたのは、スクランブルエッグ。注文とは違ったものが来た場合のベストの対処法。これはなかなか難しい問題だ。

今回の場合、まず頭に浮かんだのは、「あのう、僕が頼んだのは目玉焼きなんですけど」とストレートに言うパターン。しかしそれを邪魔したのは、「ええかっこうしい」の僕の性格であった。

「どっちでもいいじゃない。このお客さん、ずいぶん細かいところにこだわるのね」と女性店員に思われたらどうしよう。目玉焼きを頼んでおいて、鮭《さけ》のちゃんちゃん焼きが出てきたなら、遠慮なくクレームをつけるが、どちらもたまご料理で金額も同じ。文句をつける自分が、えらく格好悪いような気がするのだ。学生ならまだしも、五十を過ぎたいい大人が、たまご料理で目くじら立てている光景ってどうなのか。

さらに、無類の目玉焼き好きに思われたら、という恐怖心がそこに加わる。正直言って、そんなに目玉焼きが食べたいわけではなかった。メニューを見た時に、目玉焼きとスクランブルエッグが並んでいて、最近少し体重を気にするようになっており、少しでもカロリーの低いものをということで、目玉焼きを選んだのだ。スクランブルだって、本当は嫌いではない。いや、むしろ本来は目玉焼きよりも好きかもしれない。そんな自分が目玉焼きごときのために、わざわざ恥をかく必要がどこにあるのか。

結局僕はこの朝、店員さんには何も告げず、黙ってスクランブルを受け入れた。驚くほどに美《お》味《い》しいスクランブルエッグだった。だが、食べながら（これがもし他のお客さんが頼んだものだったら）という思いがふとよぎる。店員さんが戻って来て「失礼いたしました。これはあちらのお客様のものでございました」などと言われたら。ほとんど食べきった自分は、無類のスクランブル好きと思われてしまうではないか。

だが周囲を見渡しても、目玉焼きを前に途方に暮れているお客さんはいない。どうやらその可能性はなさそうだった。食事を終え、精算して帰れば、それで終わり。しかし気になるのは、オ

ーダーを間違えた女性店員の今後。見た感じ、二十代前半。まだまだこれからの人だ。彼女のためにも一言注意しておくべきではないか。

店を出て行く直前、僕は嫌みにならないように注意しながら、彼女に告げた。「本当はね、僕が注文したのは目玉焼きで、スクランブルエッグじゃなかったんです」

彼女は目を丸くして僕を見つめた。「でも、美味しかったですけどね」と一言残して僕は店を立ち去った。

どうでしょう。自分で言うのもなんだが、これって最高の対応ではないだろうか。実に大人になった気分である。

ただし、いささか緊張してしまったので、実際は「おい、美味しかったですけどね」と「おい」が二回になってしまった。格好悪いにもほどがある。

子供を演じるポイントは

新作舞台「子供の事情」の稽古が始まった。

大人の俳優たちが十歳の子供を演じる。はたしてそれが芝居として成立するのか。蓋《ふた》を開けてみるまで、実は心配だった。下手なコントになってしまわないだろうか。最初の五分は面白いかもしれないが、二時間の舞台がそれでもつのだろうか。

立ち稽古をしている役者たちを見て、それが杞憂《きゆう》であることが分かった。思い思いの稽古着で役を演じる十人の役者たち。最年少は林遣都《けんと》さんの二十六歳、最年長は浅野和之さんの六十三歳。誰もが小学生に見えた。ことさら子供を演じているわけではない。声も低いままだし、浅野さんに至っては頭は白髪交じり、見てくれはほぼおじいちゃんだ。しかし、それでも彼らはちゃんと子供に見えた。

僕が彼らにお願いしたのはひとつだけだった。子供を演じる上で意識して欲しいのは、「子供っぽく」しないということ。

取材でいくつかの小学校を訪れた。そこで出会った四年生たちは、僕が考えていた以上に大人だった。彼らは皆、礼儀正しかったし、落ち着いてみえた。誰もがそれぞれに十年分の人生を背負って生きていた。しかし当然ながら、幼さも残っている。むしろ大人のように振る舞えば振る舞うほど、彼らの幼さは際立つように思えた。彼らは決して小さな大人ではなかった。大人の真似《まね》をしているだけなのだ。それに気づいた時、今回の芝居の方向性が見えた。

酔っ払いの演技をする時、下手な役者は左右にふらふら歩く芝居をする。しかしそれでは酔っ払いには見えない。必要なのは、まっすぐ歩こうとする芝居である。まっすぐ進みたいのに進めない。その部分を演じるから、酔っ払いに見えるのである。

それと同じ理屈だと思った。子供を演じるからといって、「子供っぽく」動くだけではダメなのである。大人のように振る舞うからこそ、子供の部分が透けて見える。そこを強調することで「子供」を表現してみよう。「子供っぽく」ではなく「大人っぽく」演じて欲しい。それが役者さんにお願いした、僕の唯一の「演出プラン」だった。

時代背景は昭和四十六年。自分自身が十歳の時の記憶を元に、僕はホンを書いた。当時の小学生と現在の小学生を比べてみると、意外と共通している部分が多かった。仲がいいようで、決して心を開ききっているわけでもない、

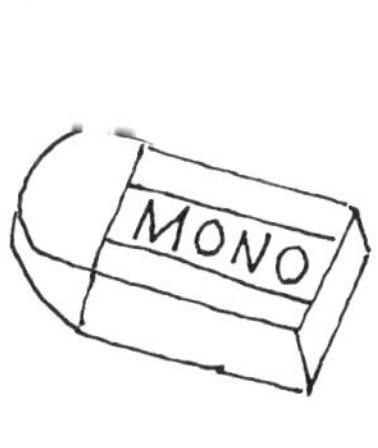

同級生同士の微妙な距離感。そして教師に対する絶対的な信頼。子供の本質は変わらない。

もちろん、昔とは違う部分もある。あの頃に比べれば、遥《はる》かに今の十歳は、しっかりしている。大人の真似もレベルが格段にアップしたようだ。

日曜日の午後、稽古場へ行く途中、小さな児童公園があった。小学生たちが数人、名前の分からない遊具の周りで遊んでいた。稽古を前に、少しでも小学四年生の実態を摑《つか》んでおこうと、眼鏡を掛けた男の子に「君は何年生ですか」と声を掛けた。すると彼はじっと僕を見つめ「個人情報ですので、お答えできません」と言って走り去っていった。

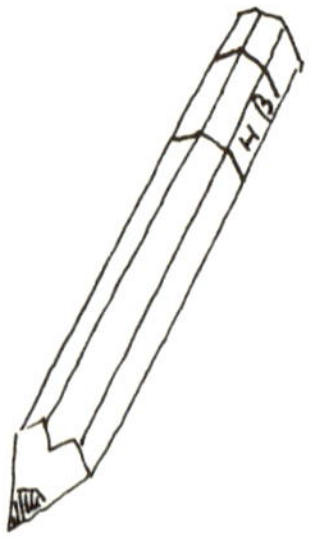

天海祐希という人は……

今回の舞台で小学生の一人を演じる天海祐希さん。僕の作品に出て貰《もら》うのは、四年前（二〇一三年）の「おのれナポレオン」以来。あの時は突然の病気降板で、彼女は皆と千秋楽を迎えることが出来なかった。「もう一度、必ず一緒に舞台をやりましょうね」という約束を、ようやく今回果たすことが出来たわけだ。

天海さんにどんな役をやって貰おうかとずっと考えていた。すぐに浮かぶリードは「格好いい」「理想の上司」「ゴージャス」「男前」といったところだが、たまにはまったく違ったキャラクターも見てみたい。確かに彼女は身長が高いせいか、堂々とした役や威勢のいい役が似合う。病院にお見舞いに行った時も、これほど「病」という言葉の似合わない人もいなかった。病室の天海さんはまるで牢名主《ろうなぬし》のように、もしくは紫禁城《しきんじょう》に君臨する西太后《せいたいこう》のように、ベッドの上に堂々と座っていた。

しかし天海祐希という女優は決してそれだけではない。彼女には独特のかわいさがある。以前本人に「『大きい人の中で一番かわいい』と言われるのと『かわいい人の中で一番大きい』と言われるのと、どちらが嬉《うれ》しいですか」と聞いてみた。答えは「どちらもそんなに嬉しくない」だったが、それくらい彼女はかわいい。

大人の女性に「かわいい」が失礼であるなら、「キュート」と置き換えてもいい。しかもその「キュート」には絶妙のさじ加減で「哀愁」が混ざっている。あまりそんな印象はないかもしれないが、舞台上にぽつんと佇《たたず》む天海さんの姿は、実はもうそれだけで胸がきゅんとなるくらい、淋《さび》しい。そんな彼女のもう一つの面を描いてみたい。登場人物全員が小学生の物語を思いついた時、その中の一人を絶対に天海さんにやって欲しいと思った。クラスの中で誰よりもエネルギッシュだけど、誰よりも大きな悩みを抱えている。今回彼女が演じるのは、そんな少女役だ。

稽古場での彼女は、相変わらず気配りの人である。

僕は役者さんに指示を出す時、よく役名を間違える。Ａさんに前に出て欲しいのに、「Ｂさん、そこで一歩前に出て下さい」と言ってしまい、そのせいで一瞬、役者さんたちが戸惑う。だが今回の現場では、そんな時は必ず天海さんが「Ａさんね」と優しく訂正してくれる。決して揚げ足取りではなく、とてもさりげない言い方だから、空気も悪くならない。たとえそのシーンに天海さんが出ていなくても、僕が間違えるとすかさず「Aさんね」と言う声がいずこからともなく聞こえてくる。この人は、出番がなくてもずっと僕の言葉を聞いているのか、と思うと頭が下がる思いだ。

　天海さんが退院した時、お祝いを兼ねて一緒にご飯を食べた。彼女の親友の石田ゆり子さんも同席していた。天海さんは、発病してからこれまでの流れを、まるでトークライブのように楽しく話してくれた。それが話芸としてあまりにも完成されていたので、（ああ、彼女はきっといろんな人に話して、皆を安心させ、喜ばせてきたんだろうな）と思い、笑いながら胸が熱くなった。天海祐希とはそういう人なのである。

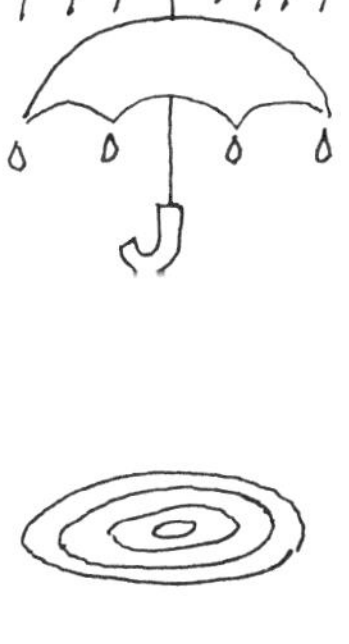

地下鉄で座れぬ自意識

最近、電車に乗る機会が増えた。稽古場へも地下鉄で通っている。

通勤電車に乗る場合、よほど疲れている時以外は座席には座らないようにしている。

なぜ、車内で座ることに躊躇《ためら》いを覚えるのか。僕の無駄な自意識がそうさせるのだ。世間から中途半端に顔を知られているものだから、人の目を気にしてしまう。電車の中で座っているのを見られた時の、ほのかな居心地の悪さ。楽して生きているところを目撃されたことから来る、小匙《こさじ》一杯分程度の罪悪感。だから僕は座りたいのに我慢する。

そもそも、人間が座っている姿というのは、決して格好良いものではない。食事や排便、デスクワークや読書といった、座ることに明確な目的があれば話は別だが、通勤電車の場合、立っていると疲れるから、という消極的な理由がほとんどだ。「そこに椅子があるから座る」程度のことで腰掛けている人の姿は、やはり絵にならない。どんなに足を組んでスタイリッシュに座っていたとしても、格好悪い。ディーン・フジオカだって、地下鉄の座席に格好良く座るのは、至難の業ではないだろうか。

僕みたいな人間が、絵にならなくても別に構わないのだけど、そこにいらぬ自意識がまた働く。なんとか様になる座り方はないかと、いろいろ考えてしまう。一番いいのは、座ることに目的を持たせること。

車内で食事をするわけにはいかず、パソコンを持ち込んで仕事をするのは、自分の一番大事な瞬間を人目にさらすようで気が乗らない。排便は論外なので、あとは本を読むことくらいしかないのだが、昔から電車の中の読書は、気が散ってページは先に進まない。最近はほとんどの乗客が携帯電話をいじっているけど、僕はそこまでネットに依存していないし、ゲームもしない。ラインもやらない。

思い切って眠ってしまうという手もあるが、目的地を通り越しそうで、これも怖い。眠らずにただ目をつぶっているというのは、公衆の面前で狸《たぬき》寝入りをしているようで、これも落ち着かない。目を開いたまま、いっそ一点を凝視し続けるというのはどうか。周囲から不審がられるのがオチ。

結局、いい手を見つけることが出来ずに、僕は車内で立ち続ける。稽古場のある駅までは、だいたい三十分。立ちっぱなしでも、それほど疲れることはないのが、救いだ。

つり革はあまり好きではないので、可能な限りドア横の手すりにもたれかかるようにしている。ぼーっと立っていると、余計な自意識がまた動いて、(三谷が放心状態で電車に乗っていた)と思われるのがいやで、真剣な表情をキープしつつ、目線は窓外、たまにため息などついてみたりして。

というわけで、もし地下鉄の車内で、席が空いているのに座ろうとせず、他の乗客に背を向けて、憂いにひたるジェームズ・ディーンのように、手すりにもたれて窓の向こうの暗闇を見つめている男を見かけたら、どうか、そっとしておいて下さい。それが僕にとって一番楽な体勢なのです。よろしくお願いします。

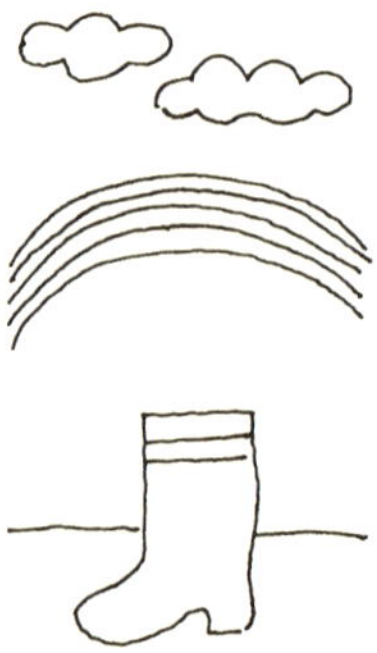

ＴＶ映画が滅法面白い

決して傑作と呼ばれることはなくても、深く心に残る映画がある。僕にとって「恐怖のエアポート」はまさにそんな作品だ。

タイトルを聞いてピンと来る人は、かなりのテレビ通だ。なぜなら「恐怖のエアポート」はＴＶムービーだから。ＴＶムービーとは、テレビでオンエアされることを目的として作られた映画のこと。日本では劇場公開されたスピルバーグの映画デビュー作「激突！」も、元はといえばＴＶムービーだった。

一九七一年の制作で、日本でいつ放送されたかは分からないが、七〇年代であることは確か。僕が観《み》たのはたぶん小学生の時。最近、ＤＶＤ化されたので早速購入した。四十数年ぶりの再見である。

いわゆるパニック映画のはしり。原作も「大空港」と同じアーサー・ヘイリー。映画と違って低予算だし、出演者の中にスターはいない。そもそも上映時間七十二分というかなり小粒な作品である。飛行中の旅客機の中で集団食中毒が起きる。原因となったチキン料理を食べた機長も副操縦士も意識不明に陥る。乗客の中に、ベトナム戦争でヘリを操縦していた男がいて、彼が管制塔からの誘導で飛行機を着陸させるはめになる。

簡単に言えばそんなストーリーだが、簡単に言わなくても、そんなストーリー。あまりにもシンプルな展開で、今観るとひねりがなさすぎる。パッケージに書かれた粗筋を読んで、一体小学生の僕はこの物語のどこに惹《ひ》かれたのかと、当時の自分の感性を少々疑いながら観始めたのだが、始まってすぐに、そんな自分を恥じた。滅法《めっぽう》面白かったのだ。

ストーリーが単純だから、あとはどう見せるかが勝負。脚本も演出も見事としか言いようがない。一切の無駄がないし、全体を貫く緊迫感は尋常ではない（全体を貫くチープな空気感はこの際忘れたい）。前半はたまたま乗り合わせた医者（ロディ・マクドウォール）が主人公。機長の代わりに操縦桿《かん》を握ってくれる乗客を探すという定番のシーンで、彼がフライトアテンダントに言う「僕らが見つけなければならないのは、飛行機の操縦経験があって、チキンが嫌いな人間だ」という台詞《せりふ》は、しっかり覚えていた。まさに名台詞。

そして後半、その条件に当てはまった男（ダグ・マクルーア）が大活躍。彼を管制塔から遠隔

操作するのが、元パイロットの老人（リーフ・エリクソン）。この人の「頼りになる男」のオーラが凄《すさ》まじい。エアポートシリーズならジョージ・ケネディの役どころだ。彼は、コックピットの機材の説明から操縦訓練、そして実践と、短い時間でとても的確に素人パイロットを指導していく。彼の説明を聞いていると、観ている僕らも飛行機が操縦出来そうな気になる。ところがその直後には、一瞬でもそう思ったことを誰もが後悔するような、とんでもない事態が。この辺の呼吸が実に上手なのである。

監督は同じ年に「刑事コロンボ」シリーズの名作「指輪の爪あと」も撮っているバーナード・コワルスキー。こういうのを隠れた名作というのだろう。

ぼんやり、大胆、飛び道具

新作舞台「子供の事情」が開幕した（二〇一七年七月八日）。登場人物は十人。全員が十歳を演じる。とある小学校の四年三組の教室が舞台の群像劇。誰が主役というわけではない。

去年（二〇一六年）の「エノケソ一代記」ではエノケンこと榎本健一の偽物役者を支える気丈な妻役だった吉田羊《よう》さん。今回は打って変わって、控えめでおとなしい少女を演じる。知的でクールなイメージが強い彼女に、真逆《まぎやく》の役を演じてもらいたくて、「クラスで一番勉強家だが、一番成績が悪い子」という設定にした。

稽古場で彼女はやたらぼんやりしていて、僕の話を聞いていないことがある。「エノケソ〜」の時はそんなことはなかったので、どうしたんだろうと思ったが、ある時、気がついた。羊さんは役と同化するタイプ。ぼうっとしている役を演じていると、本人もぼうっとしてしまうのである。

小池栄子さんとは、今回初めて。稽古が始まってすぐに、この人とは同じ言語感覚を持っていると分かった。僕がこうして欲しいと思うことを、瞬時に的確に把握してくれるから、話が早い。「この台詞《せりふ》はこっちを向いて言って下さい」と言うと、彼女は一瞬だけ頭でイメージしてから「はい」と答える。なぜそっちを向いて言った方がいいのか、どのタイミングでそっちを向けばいいのか、そういった面倒臭いことは説明しなくても、彼女はすべて把握してくれる。これは僕との相性がいいということではなく、恐らく、どの演出家ともそうなのでしょう。とても賢い女優さんだ。

伊藤蘭さん。僕らの世代のスーパーアイドルだ。しかもあの当時、アイドルでありながら、お笑い番組にも積極的に出ていて、コントで見せる捨て身の演技は、喜劇女優としても群を抜いていた。

稽古場では、僕のどんな要望にも素直に応えて下さる。こっちも楽しくなり、「そこは詮索《せんさく》好きなおばちゃんみたいな感じで」とか「そこで吸い込み笑いをお願いします」とか、どんどん無《む》茶《ちゃ》なことをお願いする。蘭さんは「恥ずかしい」とか「出来るかどうかやってみます」と控えめな発言の後、信じられないくらい大胆な演技を披露、共演者やスタッフを驚かせる。

青木さやかさんは「三谷版『桜の園』」に続く出演。ドラマ「大空港２０１３」にも出て頂いた。決して器用な方ではないけ

れど、彼女の持っているパワーというか、潜在能力は凄《すさ》まじい。

「大空港〜」の撮影監督山本英夫さんは彼女のことを「飛び道具」と呼んだ。登場するだけで面白い上に、意表を突いた演技。彼女自身に笑わせようという意志がないものだから（彼女はいつだって真剣だ）、余計面白い。非常に真面目な人で、稽古場における余裕ゼロの感じが、とても初々しい。出番のない時に、人の芝居を見て爆笑している姿もかわいい。

この人たちに、以前書いた天海祐希さんを加えて、女優陣は全部で五人。男優陣に比べて個性が強いのは、男の子よりも女の子の方が成長が早いという、十歳という年齢を象徴している。

次回は、男優さんたちの話を書きます。

情熱、理論派、侘びの域

大泉洋《よう》と舞台の仕事をするのは、新作「子供の事情」で三本目。僕は彼の演技の上手《うま》さを知っているので、これまでは、受けの芝居をお願いしてきた。そっちの方が難しいから。「ベッジ・パードン」では野村萬斎さん演じる夏目漱石に、「ドレッサー」では、橋爪功さん演じる座長に振り回された。そこで今回はあえて周囲を振り回す側に回って貰《もら》った。彼が演じる転校生ジョーはクラスで一番の問題児だ。

役者大泉は驚くほど演じることにストイック。バラエティーなどで見る軽いキャラとは正反対だ。

稽古が終わった後、僕のところへやって来て、「この台詞《せりふ》は、どういう気持ちで言えばいいんでしょう」とやたら相談してくる。夜、メールで質問が来ることもあるし、電話が掛かってくることも。あんまりしつこいので、着信拒否しようと考えたくらいだ。ホンについての矛盾を指摘してくることもあるが、彼の言うことはだいたいにおいて正しいので、実は助かっている。演じることにこれほど熱心な役者を僕は知らない。

林遣都《けんと》さんとご一緒するのは、今回が初めて。舞台は二度目だそうだ。稽古が始まった頃は、舞台演技というものに、まだ戸惑っていたように見えた。でも彼はこの一カ月の稽古でみるみる成長。現在の視点を持った「語り手」と、彼の少年時代という、いわば二役を瞬時に演じ分けなければならない難しい役どころを、完全に自分のものにした。たぶん本人に自覚はないと思うが、決め台詞を、わざとらしくなく決めてくれる（これが結構難しい）才能があり、彼の語りはとても聞きやすい。

小手《こて》伸也さんは「真田丸」で塙団右衛門《ばんだんえもん》を演じてくれた。最初は、ガキ大将の役にしようと思ったけど、それだと団右衛門とそう変わらないので、クラスの中でももっともピュアな少年ドテという、あえて真逆《まぎやく》のキャラにしてみた。実際の彼は、かなりの理論派で、自分でホンを書いたり演出したりもする。団右衛門からもドテからも、もっともかけ離れたタイプの人でした。

浅野和之さんと春海四方《はるみしほう》さんは僕の芝居にはなくてはならない存在。浅野さんは今回最年長ながら、見事に十歳を演じきっている。口数の多い役ではないが、舞台に出ている時間は長く、その間、何をしているかは浅野さんにお任せ。突然意味なく跳びはねたり、女子児童の保湿クリームを勝手に手に塗ってみたりと、一瞬も休むことなく、小学四年生を「生きて」いる。たまに股間をいじる芝居をしていたので、それだけはやめてもらった。

　春海さんは、僕がダメ出しをすると、いつも泣きそうな顔でこっちを見る。決して器用な役者さんではないが、舞台に立っている時の佇《たたず》まいには、誰も真似《まね》できない哀愁がある。それは既に「侘《わ》び」の域に達している。出来れば今後もずっと一緒に仕事をしたいと思わせる役者さん。

　この人たちがいたから、僕はこのホンが書けた。一人でも違う役者がキャスティングされていたら、全く別の「子供の事情」になっていたはずだ。幸い舞台は好評。僕はいつも俳優たちに助けられる。

変装の名人ランドー逝く

マーティン・ランドーが亡くなった（二〇一七年七月十五日没）。決して大スターではないが、歳《とし》を取ってから「ウディ・アレンの重罪と軽罪」の眼科医や、ティム・バートンの「エド・ウッド」における実在の怪奇俳優ベラ・ルゴシの名演で、名優の仲間入りをした。

僕の世代にとっては、マーティン・ランドーといえば、やはりテレビ版「スパイ大作戦」の変装の名人ローラン・ハンドである。

彼の変装はドラマの見せ場のひとつで、毎回、様々な人物になりすまして、敵を欺く。特殊メイクで顔を変えることもあるのだが、ランドーの凄《すご》いところは、顔かたちはそのままで、芝居だけで別人になってしまう点だ。

例えば、Aさんの前ではBさんになりすまし、Cさんの前ではDさんになりすます。AさんとCさんがやたら出たり入ったりするので、その度にランドーはBさんになったりDさんになったりしなければならない。この難易度の高い状況を、彼はメイクや衣装の助けを借りず、演技力だけでやってのける。彼のなりきり演技には定評があったようで、「刑事コロンボ」にゲスト出演した時も、料理研究家と銀行員の双子役を見事に演じ分けていた。

ランドーが降板した後、「スパイ大作戦」の変装の名人枠はレナード・ニモイに引き継がれた。幼心に、ニモイに代わって「スパイ〜」がつまらなくなった気がした。

後年、彼の自伝を読んでその理由が分かった。ニモイは「スパイ〜」のアメージング・パリス役が好きではなかったらしい。決まりきったストーリー展開に加え、パリスの変装がパターン化し、演じ続けるのが苦痛だったという。役に深みがないのも嫌だったみたい。DVDで観《み》直すと、そもそもニモイの顔のつくりがふて腐れているように見えるのを差し引いても、確かに乗り気ではないように見える。

しかし、その「やりがいのない」役をランドーは喜々として演じ続けた。「スパイ〜」に出てくるスパイたちは、淡々とミッションを遂行するだけで、彼らの心情や、バックボーン、スパイとしての苦悩のようなものは一切描かれない。「スパイ大作戦」そのものが、そういう作品だからだ。そしてニモイはそれを苦痛と感じ、ランドーは意気に感じたのだ。

実際にランドーがあの役をどう思っていたかは分からないけど、明らかにローランを演じている彼は楽しそう。描き込

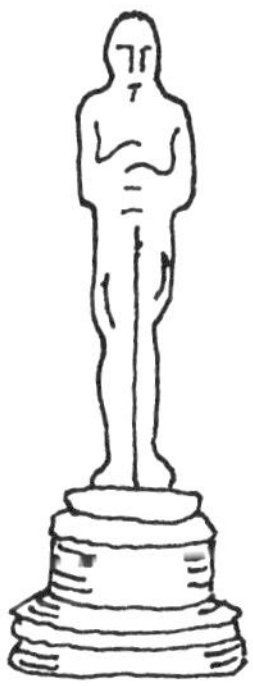

まれていない役だからこそ、腕のある俳優が演じなければ、役が薄っぺらくなることを、彼は知っていたのではないか。ローランの背景は一切描かれないけれど、ランドーが演じることで、スパイとしての矜持《きょうじ》や、変装に懸ける情熱までが透けて見える。ニモイの演技にはそれがない。プロデューサーと揉《も》めさえしなければ（ギャラの問題？）、ランドーは番組終了までローランを演じ続けたと思う。もったいない話だ。

ランドーの遺作は「手紙は憶《おぼ》えている」。かつて何度も老人に変装した彼が、遂《つい》に本物の老人になった。ナチスの残党狩りに命をかける鬼気迫る姿は、名優の最後の名演として相応《ふさわ》しい。

久々「スター・ウォーズ」

自分に子供が出来たら、いつか「スター・ウォーズ（通称SW）」シリーズを観《み》せてやりたいと思っていた。

SWはそもそもシリーズではなかったはずだ。一本目が作られ、世界的にヒットしたことから続編が決定。製作のジョージ・ルーカスは、この物語が全九作で描かれる壮大な叙事詩であることを明かし、実はこの第一作はシリーズの四作目に当たるんだよと発表した。その後、SW5とSW6が作られ、十六年のブランクを経て、SW1、2、3、そして7が作られ、まもなく8が公開される（二〇一七年十二月十五日）。

今はDVDでそのすべてが好きな時に観られる。そこで父親は悩む。息子には物語の順を追って観せるべきか、発表順に観せるべきか。

結局、僕は後者を選択した。原作があるわけではないし、ストーリーも行き当たりばったりな

感じがしないでもない。ここはリアルタイムでSWを観てきた僕らと同じように、これから観る人も、発表順の方が楽しめるのではないか、と考えたわけだ。

とはいえ息子はまだ三歳なので、さすがにまだ早いと思っていた。しかし彼の誕生日に知人から、レゴで作る「ミレニアム・ファルコン号（映画に登場する宇宙船）」を頂いてしまい、「これは何なのか」と質問攻めに。仕方なく4を観せたら、見事にはまってしまった。456ときて、今は1。4で一番好きなシーンとして、ラストで喧嘩《けんか》別れしたハン・ソロ（ハリソン・フォード）が、絶妙のタイミングでルーク（マーク・ハミル）のもとへ戻って来る場面を、息子は挙げていた。ルーカスは三歳児の心を確実に摑《つか》んでいる。

ダース・ベイダーのどういうところが悪い人なのか、と質問され、言葉に詰まった。確かに彼は、黒い格好で不気味にスーハー言っているだけで、実は目に付くような悪さをしていない。話が進むにつれて悪の部分も出てくるが、特に最初の頃は、多少部下に厳しく、理不尽な叱り方をするくらい。僕らは最初から悪役のイメージで観てしまっており、そんなこと考えたこともなかった。やはり幼児の心はピュアである。

久々に観た「SW」は、優れた冒険活劇だった。4の完成度はもちろんのこと、内容盛りだくさんの5。そして、せっかく宇宙を舞台にしていたのに、どんどんスケールダウンして最後はジヤングルの局地戦みたいになっちゃって、やや興ざめだった6も、改めて観ると、そんなに悪くない。最後まで宇宙空間の空中戦が続いていたら、きっと胸焼けしていただろう。

冷静に観ると、特に時代劇に慣れた僕ら日本人からすれば、発光する日本刀ともいうべきライトセーバーによる斬り合いは、いささかもどかしい。日本から殺陣師《たてし》の方を呼んで動きを付けて貰ったら、もっと格好良くなっていたのに。ダース・ベイダーと死闘を繰り広げるオビ＝ワンを演じたのは名優アレック・ギネス。大好きな俳優さんだが、アクションスターではないので、なかなか伝説の騎士には見えない。やはり、この役は、B級SFだと思ってオファーを蹴ったとされる三船敏郎氏に演じて欲しかったです。

カーテンコール拒むわけ

「子供の事情」が千秋楽を迎えた（二〇一七年八月六日）。最後のカーテンコールはお客さん総立ち、かなり盛り上がったらしい。らしいというのは、僕はそれを見ていない。その時は、楽屋が並ぶ廊下の突き当たりの、お菓子や飲み物が置いてあるスペースで、差し入れのもずくスープを飲んでいた。

十年ほど前から、カーテンコールに出なくなった。理由の第一は単純明快。「恥ずかしい」からである。かつては、演出家は必ず出るものという誤った認識の下、千秋楽は必ず役者と一緒に挨拶《あいさつ》していたが、その居心地の悪さといったら。

千秋楽。僕の仕事は作家としても演出家としても、とうの昔に終わっているわけで、そんなテンション低めの男が、たった今仕事をやり終えた、達成感マックスの役者たちと並ぶのは無理がある。もちろん自分の貢献度は否定しないけど、やはりカーテンコールは役者のためのもの。年を重ねて、多少わがままが通るようになってから、出るのをやめた。もちろん世の中には、最後に現れてすべてをさらっていくスター演出家もいる。それを否定はしないけど、僕はそうではないし、そうありたいとも思わない。

カーテンコールに出ないもう一つの理由。これは少し説明が必要だ。実は、舞台で挨拶をしていた頃、僕は恥ずかしさと戦いながら、一方でこの上ない幸せを感じていた。自分の作品を喜んでくれた人たちの熱い拍手に、感動しないわけがない。でも、だからこそ、僕はそれを拒むことにしたのだ。

今度の公演でいえば、「十歳」を大人が演じるという無謀な企画に理解あるプロデューサーが乗ってくれ、素晴らしい役者さんたちが集った。最高のスタッフに最高の劇場。作品の評判もよく、毎日、お客さんの笑い声が劇場中に響き渡る。こんなに嬉《うれ》しいことはない。こんなに嬉しいことだらけなのに、なぜカーテンコールに出て、さらに嬉しい思いをしなければならないのか。そんなことをしたらきっと罰が当たる。最高のディナーを食べて、それで十分満足しているのに、さらにその後に最高のラーメンを食べたら、必ずお腹《なか》を壊す。それと同じだ。

次もまたいい作品を作りたい。だから僕はカーテンコールに出ない。今回も、役者たちは無理矢理《やり》ステージに僕を連れだそうとしたようだけど、僕はその空気を察知し、舞台袖には近寄

らなかった。役者たちは困ったみたいだし、お客さんの中には僕の登場を待っていた人もいたようだけど、どうか分かって欲しい。これは皆のためなのです。

打ち上げに出なくなったのも同じ理由から。出れば楽しいに決まっている。気心の知れた役者やスタッフと、一晩中騒ぐ。楽しくないわけがない。だから僕は我慢する。人間、そこまで幸せになってはいけない気がする。

「子供の事情」の千秋楽の夜。役者たちは深夜まで飲み歩き、最後はカラオケで盛り上がったという。その頃僕は、自分が十歳の時に観《み》て衝撃を受け、今回の芝居の台詞《せりふ》にも登場させた映画「大脱走」のDVDを、一人で家で観ていた。

出来すぎだけど偶然です

長くこの仕事をしていると、不思議な偶然に出会うことがある。

僕はいわゆる「当て書き」をする脚本家。もちろんこの場合の「当て書き」とは、役者さんの素のキャラクターを、役に反映させるということではない。

「真田丸」でいえば、淀君《よどぎみ》の乳母大蔵 卿 局《おおくらきようのつぼね》を演じた峯村《みねむら》リエさんは、あんな分からず屋ではないし、権威的でもないし、もちろんお婆《ばあ》さんでもない。この役者さんがこんな役をやったら面白いだろうな、こんな台詞《せりふ》を言ったら素敵《すてき》だろうな、とイメージして書くのが僕の「当て書き」。そもそも、ほとんどの役者さんと交流がないので、その人の素の部分がどんなものか、よく知らない。

それでも時々、出演者から「よく私のことをご存じでしたね」と言われる。僕の書いたキャラクターが、演じる本人に重なる時があるらしい。今回の「子供の事情」では小池栄子さん。彼女が演じた小学四年生の通称「ゴータマ」は、一見、悪さばかりしている問題児だが、実は頭も良く精神的には誰よりも大人という設定。小池さんとは一度ご挨拶《あいさつ》した程度で、映像や舞台で観《み》るイメージを頼りに、彼女のワルぶりが観たいという思いで、「ゴータマ」というキャラを設定した。

ところが、小池さんご本人が言うには、実際の彼女も、小学校時

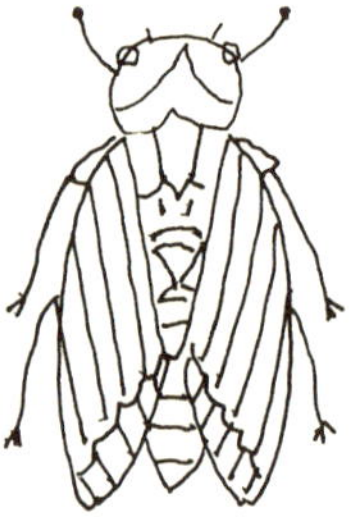

代はそんな感じだったらしいのだ。もちろんまったくの偶然である。自分の洞察力を自慢するつもりはない。ひょっとしたら誰が書いても、同じことを考えたかもしれない。虚弱体質で無口で引っ込み思案で成績も最低という、普段の彼女からほど遠いキャラにしておいた上で、小池さんから「どうして分かったんですか」と言われたら、それこそびっくりだが。

しかし、ご紹介したい偶然はそのことではない。やはり「子供の事情」で、小手《こて》伸也さん演じる「ドテ」は恐竜博士という設定だった。彼は大泉洋《よう》演じる転校生「ジョー」を見て、巨大なとさかを持つパラサウロロフスに似ていると言う。

公演が終わった直後、衝撃の事実を知る。二〇〇九年にアメリカのユタ州で発見された、「パラサウロロフス」の「子供」の化石は、保存状況も良く、親しみを込めて「ジョー」と名付けられたというのだ。小手さんは、僕がそこまで考えてホンを書いていると思い、えらく感心したらしい。

しかし実際はまったくの偶然です。僕はそれほど恐竜に詳しくなく、「ジョー」と呼ばれる「パラサウロロフス」がいるなんて知らなかった。「ドテ」を恐竜好きにした理由は、僕の息子がはまっていて、たまたま手近に恐竜図鑑があったからだし、「パラサウロロフス」は、あまり一般的ではなく、音が面白いという理由で、図鑑の中から選んだ。そして「ジョー」は、転校生を格好いいキャラにしたかったので、「オダギリジョー」からの発想である。偶然にしては出来すぎな気もするが、本当である。こういうことがたまにあるのだ。

そのことを小手さんに伝えたら、それはそれで凄《すご》い、とさらに感銘を受けていた。

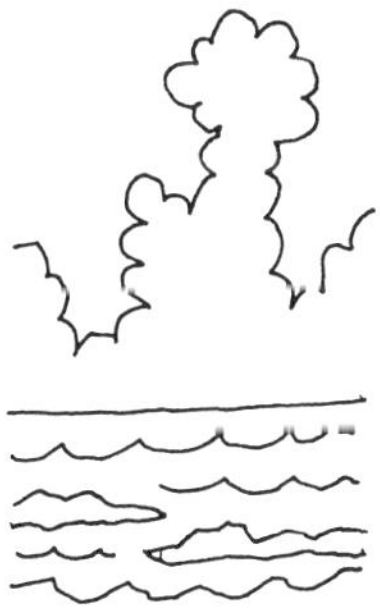

「にんじん」に涙した

新橋演舞場にミュージカル「にんじん」を観《み》に行った。

原作はフランスの作家ジュール・ルナール。初演は一九七九年。その時、主人公のにんじんを演じたのが、当時二十二歳の大竹しのぶさん。そして今回、にんじんを演じるのも、しのぶさんである。

十分過ぎるほど大人のしのぶさんが、子供を演じるというので、最初は少し心配だった。「子供の事情」で、役者が子供を演じる難しさはよく分かっている。どんなに大竹しのぶが達者な女優さんでも、少年役は無理がある。熱演すればするほど、こっちが冷めていく、そんなパターンのお芝居だったら辛《つら》いなあと、始まる前は勝手に思っていた。

だが終演後、そんな不謹慎な態度で観始めた自分を激しく責めた。健気《けなげ》なにんじんの姿に、僕は号泣。芝居を観て、あんなに泣いたのはいつ以来だろうか。いや、もしかしたら、初めてかもしれない。「おばさんが無理して子供を演じている」と感じたのは、彼女が登場して五秒くらい。それ以降は、カーテンコールの最後の最後に一瞬、女優大竹しのぶに戻るその時まで、彼女は完璧に「にんじん」だった。

　僕が涙したのには理由がある。この作品のにんじんは設定が十四歳らしいが、僕にはそれが自分の三歳の息子に重なって見えて仕方なかった。泣きそうなのを我慢する顔、いたずらする時の嬉《うれ》しそうな佇《たたず》まい。なんだかよく分からない、不思議な手の動き。それは息子そのものだった。だから最初にいじめに遭う瞬間から、涙腺が決壊したのだった。後でしのぶさんに聞いたら、より子供らしく見せるために、あえて設定年齢より幼く演じていたらしい。改めてすごい女優さんだ。彼女なら、ちびまる子ちゃんだって、タラちゃんだって演じられる。

　それにしても、「にんじん」がこんなに辛《つら》い話だとは思わなかった。小学生時代に読んだはずなのだが、ほとんど印象になく、活発な赤毛の男の子が、持ち前の明るさで周りを幸せにしていく話と、勝手に思い込んでいた。これは親からの精神的虐待に耐える少年の物語。そういう意味では十分現代にも通用する。

　あんまりびっくりしたので、すぐに原作を買って読んでみると、さらに衝撃。まず、彼に対する母親の仕打ちがあまりにひどい。舞台版ではかなりファミリー向けに作ってあったが、原作ではまったく容赦ない。

しかも驚くのが、それに対するにんじんの反応。おねしょをした後、母親から、自分のおしっこをスープに入れて飲まされた時、彼は「そんなことだろうと思ったよ」とさらっと受け流す。原作のにんじんはとてつもなくニヒリストなのである。虚無的になることで、理不尽な世界に必死に対抗しているのだ。こんなに幼い時から、ハードボイルド小説の主人公のようにクールになってしまったにんじんに、僕はうちのめされ、また泣いてしまった。

舞台版も素晴らしかったが、原作もお勧め。四コマ漫画のように短い話がいっぱい詰まっていて、まるでハードな「サザエさん」といった趣の小説です。

父と子のウルトラマン

訳あって、ウルトラマンフェスティバルに行ってきた。

会場で怪獣や宇宙人たちと写真を撮り、ライブショーを見学。クライマックスは、ホテルの部屋でウルトラマンと対面。滞在時間は三分だが、あのウルトラマンを独占出来るのだ。まさにファン冥利《みょうり》に尽きる企画である。

円谷《つぶらや》プロ制作によるいわゆる「ウルトラシリーズ」は既に一作目の「ウルトラQ」から数えて五十一年目（一九六六年放送開始）。僕は最初の三作「Q」「マン」「セブン」をリアルタイムで観《み》た世代だ。僕が好きだったドラマを、いずれは息子にも観せてやりたいと思ってはいた。だが彼はまだ三歳。当然もう少し先のつもりだった。

ところがある時、二人でタクシーに乗ったら、車中に置いてあった育毛剤のチラシを息子が発見。そこにはイメージキャラクター「ウルトラの父」の姿があった。

これは誰かと執拗《しつよう》に聞かれたので説明してやると、異様に食いつきが良く、どうしてもウルトラシリーズを観てみたいと言う。ああこれも運命かと、帰宅するや、いつかその日のために買っておいた「マン」のブルーレイボックスの封を切った。半年ほど前のことだ。

恐竜が好きで、そして恐竜に少し飽きていた彼にとって、「マン」に登場するユニークな怪獣たちは新鮮な驚きだったはずだ。「サンダーバード」でチーム物の面白さを知った彼は、人形ではなく生身の人間（しかも日本人）が集う科学特捜隊に、より親しみを感じたことだろう。そして巨大な正義の味方という斬新な発想は、いつの時代も子供を魅了する。

ウルトラマンの世界は、瞬く間に息子を虜《とりこ》にした。健気《けなげ》な怪獣ピグモン、哀愁漂うシーボーズ、造形美の極致ペスター。僕が好きだった怪獣は、やはり彼のお気に入り。「マン」に登場する陽気なイデ隊員にはまり、「セブン」のぴちぴちの制服でお馴染《なじ》みのアンヌ隊員にぞっこん。これもまったく僕と同じ道を歩んでいる。

かつての僕がそうであったように、このところ息子の遊び仲間は、ウルトラマンと怪獣たちのソフトビニール（通称ソフビ）人形たちだ。昔と違うのは、ウルトラヒーローの数。なにしろ、途中ブランクはあったようだが、五十年以上続いているシリーズである。数も尋常ではない。

しかも最近は戦いに応じてモードチェンジするケースも多く、例えばウルトラマンコスモス一人をとっても、ルナモードとコロナモードとエクリプスモード等の三種類以上あるのだ。勉強しました。知らない間にウルトラの世界も進化していた。映像で観たことはなくても、図鑑で調べて気に入ったヒーロー達《たち》と力を合わせ、息子は日夜、怪獣相手に戦っている。

ホテルで遂《つい》にウルトラマン本人と会った息子。別れ際にはぎゅっとハグして貰《もら》うというサプライズ。後で感想を聞くと「嬉《うれ》しかった。でも、胸のカラータイマーが当たって痛かった」らしい。カラータイマーとは、パワーが弱まると光って危険を知らせる、あれ。まさにウルトラマンと実際に抱擁した人間にしか言えない言葉であった。

120分でお弁当作り

訳あって、最近弁当を作る機会が増えた。妻と代わる代わるに息子の弁当作りを受け持つ。まさか人生で、早起きして子供の弁当を作る時が来るとは。

そういう日は、前日からどんな弁当にするかで頭がいっぱい。メニューを決めて買い出しに行き、寝る前に下準備。床についても、そわそわして寝付けない。どんな段取りで作れば能率がいいか、どんな風に詰めれば見栄えがいいか等、あれやこれや考えていると、そのうち朝になる。

断っておくが、僕は弁当作りが好きだ。これが毎日続くとなると気が重いが、今は楽しさしかない。まだ薄暗いキッチンに一人立って料理を作っている時の、えも言われぬ幸せ。数時間後、息子がこれを食べている様子を思い浮かべて、自然とこぼれる笑み。そして帰宅した彼のリュックから弁当箱を取り出し、それが空っぽだった時の、この上ない喜び。

弁当を作る工程は、戯曲を描くプロセスに似ていると思う。プランを立て、構成し、準備を整えてから、一気に仕上げる。なんのことはない、いつもやっていることだ。

たまご焼きを作っていると、これって芝居作りに似ているな、と感じる。たまごを四回に分けて、四角いフライパンに流し込む。途中、うまくいかずにスクランブルエッグのようになり、一瞬投げ出したくなるが、そこはぐっと堪えて、じっくり作業を進める。大切なのは最後の一巻き。ここさえうまくいけば、綺麗《きれい》なたまご焼きになる。これが、一カ月にわたる芝居の稽古と重なる。途中、思い通りに行かない時が必ずやって来るが、そこであたふたせず、通し稽古に全力をそそぐ。共にその「帳尻合わせ」が大事なのだ。

初めて弁当を作った時、気負い過ぎておかずが大量に出来、弁当箱に入りきらなかった。育ち盛りの三歳児なので、栄養バランスにはこだわりたい。しかしあれもこれも詰め込もうとすると、絶対に溢《あふ》れる。余ったら、朝食の時に出せばいいのだが、お昼のネタばらしになりそうで、できれば避けたい。しかも、もし朝の食卓で「これ美味《おい》しくない」と言われたとしたら？　なにしろその段階では弁当は既に完成しているのだ。だから、なるべく余らないように作る。

幼児用のお弁当箱は驚くほど小さい。大人の弁当箱をダンプカーとすると、三輪トラックくらい小さい。そこに中身を詰める作業は、これほど「ちまちま」という表現がぴったりなことはない。しかし幼い頃はプラモデル作り、今もレゴ制作という

「ちまちま」に慣れ親しんだ身にしては、むしろ楽しい苦労である。

さて、今の僕の弁当作りの所要時間は約百二十分。どんなに急いでもそれくらい掛かってしまう。完成した時は汗だくだ。息子はかなり正確な体内時計で六時きっかりに起きる。起きてからは、畑に来襲するイナゴのように、追い払っても追い払っても攻撃してくるので、それまでに完成させる必要がある。よって弁当を作る日は朝の四時起床。

ここで皆さんに質問。世間一般の平均が分からないのですが、これって時間掛けすぎでしょうか？

J・ルイス　笑いの衝撃

ジェリー・ルイスが九十一歳で亡くなった（二〇一七年八月二十日没）。

僕が子供の頃、テレビには沢山《たくさん》の洋画放送枠があった。ほぼ毎日、夜の九時からどこかの局で、一九六〇年代くらいまでの映画が日本語吹き替えで放送されていた。「アラビアのロレンス」「風と共に去りぬ」「大脱走」といった名作話題作は、ほとんどそんなテレビの「洋画劇場」で観《み》た。

一方でゴールデンタイムではなく、土曜日の午後、まだ日が出ている間からひっそりと放送される洋画もあった。こちらは大ヒットした名作群とは違って、知る人ぞ知るといった、ちょっとマニアックな小品。小学生の僕にも、なんとなくお金が掛かってなさそうな感じが伝わる、そんな作品たちだった。コメディー映画は大抵、こっちの枠で放送されていた。だから僕は古いアメリカのコメディーたちとは、大抵土曜日の昼に出会っていたことになる。そんな中にジェリー・ルイスの喜劇があった。

十歳前後の僕にとって、一番お気に入りの「コメディアン」は、チャプリンは別格として、やはりビリー・ワイルダー映画のジャック・レモンだった。ボブ・ホープはなんとなく偉そうで、感情移入しにくかった。
　そしてジェリー。「底抜けシリーズ」を代表とする彼の映画は、もちろん当時の僕にはそれを言語化する能力はなかったが、もっとも純粋な喜劇に思えた。そこに一切の感動はない。ジェリーはあらゆる手を使って、ひたすら笑わせようとする。ジャックもボブもそしてチャーリーも、彼のように顔面の筋肉を駆使して、つまりはおかしな表情を作ってまで笑わせようとはしない。変幻自在に「変顔」で攻めてくるジェリーの笑いを、低俗と捉える人もいるかもしれない。でも少なくとも少年の心は摑《つか》んだ。コメディアンとしての凄《すご》みさえ感じた。
　鮮明に覚えているシーンがある。それがなんという映画で、どんなストーリーだったかは覚えていない。でもジェリーが出ていたことは確かだ。たぶん「底抜けシリーズ」のひとつだろう。どこかのお屋敷のリビングみたいな場所に彼がいて、なんらかの理由でなにかが爆発し、部屋中が黒煙でいっぱいになる。なにかの実験が失敗したのかもしれない。鮮明に覚えているというわりには、「なにか」が多すぎてすみません。呆然《ぼうぜん》とその場に佇《たたず》むジェリーがふと脇を見ると、テーブルの上に大きな金魚鉢が置いてあり、その中で泳いでいた赤い金魚も、煤《すす》をかぶって真っ黒になっている。文章で書くとどうってことないが、当時の僕は、このシュールなギャグに心底、驚いた。笑うというより、衝撃を受けたといっていい。恐らく、これが自分の人生で最初に出会った「不条理な笑い」だったと思う。

ジェリー・ルイスの訃報《ふほう》で代表作のひとつに「おかしなおかしなおかしな世界」を挙げた記事があったけど、あの映画のジェリーは、路上に落ちた主人公の帽子を、わざと車で轢《ひ》いて去っていくだけの、たった十秒くらいのゲスト出演。それだけで観客は大喜びだったのだろう。当時のアメリカにおける、彼の人気ぶりが分かるというものだ。

舞台人の目から見ると

少し前のことだが、ワイドショーの芸能ニュースで、役者が「舞台の稽古中に演出家からひどい言葉で責められ、土下座させられた」と主張する出来事が採り上げられた。

実際に何があったか分からないので、僕はコメントする立場にはないが、ひとつだけ気になることがあった。テレビを観《み》ていたら、この件に関して「舞台の世界では、演出家が役者に罵声を飛ばすことなんて当たり前だ」と言った人がいた。現役の舞台人として一言。そういう演出家もいるかもしれないし、そんな演出法が流行《はや》ったこともあったかもしれないが、それは決して「当たり前」ではない。少なくともそんな荒っぽい演出家を僕は知らない。僕がいる演劇の世界では、演出家は礼儀正しく穏やかで、稽古は淡々と進み、罵声が飛び交うようなことはまずない。

確かに芝居の演出家は常に怒っているというイメージがある。蜷川幸雄《にながわゆきお》さんによって「演出家＝怒って灰皿を投げる人」という図式が定着したのだろう。でもあの方だって、投げた回数は世間のイメージよりずっと少ないと思う。実際は激怒して投げるというより、「おじさんは怒ってるんだぞ」的なパフォーマンスだったという説もあるし、蜷川さんは野球が得意で、コントロールは抜群、絶対に誰にも当たらないように投げていたという話も聞く。

そもそも「怒りの灰皿」が定番になってしまったら、次に灰皿に手が行った時、間違いなく稽古場には「蜷川名物灰皿投げ。いよいよ出るぞ」的な空気が流れ、その瞬間、緊迫感は薄れてむしろ雰囲気は和む。完全に逆効果だ。

アルマイトの灰皿はよく飛びそうだし、しかも灰皿というところが、煙草《たばこ》をくわえながら厳しい表情で稽古を見守る演出家のイメージにぴったりだったので、いつしかそれが伝説となり、舞台演出家の象徴として定着してしまったのではないか。アニメ「巨人の星」で飛雄馬《ひゅうま》の父一徹《いってつ》が怒ると毎回ちゃぶ台をひっくり返していた印象があるが、実際は二回だけだったという。それと同じ現象だ。

僕はどうかといえば、確かに稽古場で頭にくることはある。何度お願いしても、段取りを覚えてくれない役者さんに（この人はやる気があるのか）と怒りを覚えたことは一度ではない。でも彼らだってわざとやっているわけではないし、稽古場にいる誰もが、その芝居をよくしようと思って参加している、そう思えば怒りも収まる。

劇団をやっていた時は、団員の人生に責任を感じていたので、自然と言葉は厳しくなった。今はそれもない。僕は常に現場の雰囲気の方を優先。もし、役者が意図的に突っかかってきたとしても、反撃はしない。なぜそんな態度に出るかを考えて、どうすれば楽しく稽古に臨んで貰《もら》えるかを模索する。それもまた演出家の仕事のような気がする。

もちろん、演出にはいろんな方法がある。激情型演出家もいるだろうし、熱い稽古場大好き俳優も当然存在する。結局大事なのは信頼関係。演出家と役者がそれぞれ相手をリスペクトしていれば、今回のようなトラブルは起きなかったように思うのだが。

「風雲児たち」ドラマに

みなもと太郎氏の長編漫画『風雲児たち』の連載が始まったのは、僕が大学生の頃。「大河ギャグロマン」と銘打ったこの歴史漫画は、本来は幕末を描くことがテーマであったのに、徳川幕府の終焉《しゅうえん》を描くには、徳川幕府の成り立ちから語るべきという作者の強い意志で、なんと関ケ原の戦いから始まった。

そして三十年以上が経過。幕府崩壊に影響を与えた様々なトピックを紹介しながら、少しずつ歴史を辿《たど》り、最新刊（幕末編二十九巻）でようやく、幕末、薩摩《さつま》人同士が斬り合ったあの「寺田屋事件」までたどり着いた。ここまでの道筋、長かった。でもこれが滅法《めっぽう》面白いのです！

年表だけでは決して読み取れない、歴史上の人物たちの息づかいが、どのページにも溢《あふ》れている。みなもと氏の独自の視点によって、無味乾燥だった歴史的事実が、コミカルに、そして、躍動感溢れるエピソードに変換される。まるで魔法だ。

以前、みなもと氏と対談させて頂いたことがあった。その時「どうしてあんなに歴史上の人物を生き生きと描けるのですか」と尋ねてみた。その時の氏の答えは、それは漫画だからだ、というもの。小説だと登場人物の名前は「大黒屋光太夫」なら、「光太夫は」と書くだけだが、漫画の場合はその都度、顔を描かなくてはならない。その分、その人物の気持ちになりきる時間が増す。しかもコマが変わる度に何度も同じ顔を描くので、自然と彼らの心の内が見えてくるというのだ。

それを聞いて以来、僕は歴史ドラマの脚本を書く時は、登場人物の名前をパソコンに単語登録しないことにした。以前は「と」と打てば即「歳三」と出るようにしていたのだが、「真田丸」では、「信繁」は「のぶしげ」と打って変換するようにした。単語登録すれば○・五秒で済むところを、あえて三秒掛ける。それは人物に思いを馳《は》せる貴重な三秒なのである。

さて、この『風雲児たち』が僕の脚本でドラマ化される。実は、大河ドラマ「新選組！」が終わった直後から温めていた企画で、紆余《うよ》曲折を経て十三年目に遂《つい》に実現する運びとなった。一旦《いったん》頓挫した企画が復活することは滅多にないこの世界、とても珍しいことである。

膨大な原作の中から選ばせて貰《もら》ったのは、前野良沢と杉田玄白による、オランダの医学書『たあへるあなとみあ』翻訳のエピソード。彼らの手によって出版された『解体新書』は、西洋文明の凄《すご》さを日本人に知らしめ、多くの人々に影響を与えた。幕末のキーワードである「開国思想」

の原点と言ってもいい。

ところが『解体新書』のタイトルや、妖怪ぬらりひょんを思わせる杉田玄白の肖像画は有名だが、前野良沢の名はさほど知られていない。理由は簡単。『解体新書』に良沢の名前は載っていないからだ。実質は翻訳作業のリーダー的存在であった良沢の名が、なぜないのか。ドラマではそこに至るまでのプロセスを丹念に追っていく。

良沢と玄白の間に一体何があったのか。そして原作の軽妙かつ重厚な人間ドラマを、三谷はどこまで再現出来るのか。乞うご期待。

ただいまトーク修業中

この歳《とし》にして新たに始めたことがある。講演会である。今はまだ慣れていないので、司会の方に入って貰《もら》って、トークショーという形をとらせて貰っているが、ゆくゆくは一人でやってみたいと考えている。

本来、人前で話すのは得意ではない。テレビのバラエティー番組でしか僕を知らない人には意外かもしれないが、本来の僕は喋《しゃべ》るのが大の苦手。テレビに出る時はかなり無理して頑張っている。

瞬間的に面白いことが言えない。一晩待って貰えれば、気の利いた受け答えを思いつく自信はあるのだけれど。自分なりの面白エピソードを持っていても、どこかに（僕ごときの話に耳を傾けて貰うのが申し訳ない）という気持ちがあるので、かなりはしょって喋ってしまい、その結果、面白い話も面白くなくなる。

映画の宣伝で数多くのテレビ番組に出ていた頃は、もう少しスムーズに話せていたような気がする。数年前（二〇一四年）までは清水ミチコさんとのラジオ番組があった。頭の回転の速い清水さんと定期的に会話することで、少しずつだが、僕の会話術もアップしていった。しかしその番組も終わってしまい、近頃では、稽古場で役者やスタッフと話す以外は、話し相手はほとんど家族だけ。そのうち一人は三歳児、二匹はイヌである。

機会が減るにつれ、ますます人との会話が億劫《おっくう》になっていった。ある時、思っていることをすぐに口に出せなくなっている自分に気づいた。このままでは人としてダメになる。そこで一念発起、今まで断り続けてきた講演会の仕事を解禁したわけである。つまりはリハビリだ。

観客の前で、自分の意見を言うのは、とてつもなく緊張する。こんな自分にトークショーが務まるのか、当初は不安だった。僕の場合、緊張するとすぐ呼吸するのを忘れてしまう。息を吸うばかりで、吐くタイミングが分からなくなるのだ。当然、徐々に息苦しくなり、たまに失神しそうになる。だが最近、いい対処法を思いついた。話し始める前に息を全部吐いてしまうのだ。かなり勇気がいるけど、これが効く。最初に吐き切ってしまえば、あとはもう吸うしかない。そこを乗り切れば、自然と呼吸している自分に気づく。呼吸が出来れば、緊張も解けてくる。緊張が解ければ言葉も出てくるというもの。

先日は、イラストレーター和田さんの展覧会が開催されている、たばこと塩の博物館で、阿川佐和子さんと「私の好きな和田誠」というタイトルのトークショーをやってきた。この連載の挿絵でお馴染《なじ》みの和田さんについて、九十分間、二人で語り合う。相手が話し上手の阿川さんだったこともあり、客席に和田さんご自身がいるという予期せぬ事態に混乱しながらも、なんとか最後まで楽しくやり通せた。お客さんも喜んでくれたようだ。

トーク名人の講演会は、語りだけで観客を笑わせ泣かせ、いいお芝居を観《み》たような満足感で人は家路につくらしい。その域に達するのはまだまだ先だが、これから少しずつ経験を重ねていきたい。目指すは、綾小路きみまろ師匠。

裸への道に思いをはせる

僕は喜劇作家だ。作品によって多い少ないはあるが、ドラマにせよ舞台にせよ映画にせよ、僕の作る作品に「笑い」の要素は欠かせない。

僕自身がそういう認識でいるので、世の中の「笑い」を生業《なりわい》にしている人たちに対して、僕は勝手に「同志」だと思っている。自分の感覚に合うものとそうでないものはあるけれど。

「裸芸人」は、芸人の一ジャンルとして、既に確立しているのだろうか。たまたまテレビで目にしたバラエティー番組で、数人の全裸に近い男たちがずらり並んで座っていた。冷静に考えれば、相当おかしなシチュエーションだ。彼らが裸である理由はもはやまったく説明されず、周囲も当然のようにそれを受け入れ、裸であることと全く無関係な話をしている。僕らは完全に見慣れているが、やはりこれは尋常ではない。世の中の職業で、裸でも成立するのは「芸人」だけ。「裸弁護士」「裸参議院議員」「裸宇宙飛行士」、どれも想像を絶する。

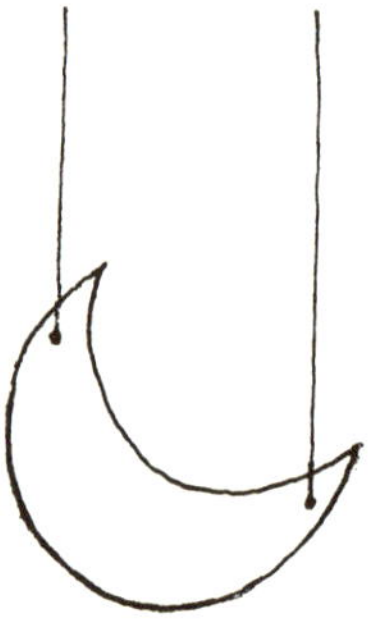

「裸芸人」の一人、お盆で局部を隠す「お盆芸」のアキラ100%さん。ネットの記事によると、彼がR-1ぐらんぷりに出場した時、審査員だった桂文枝師匠は「こういう人の何をどう審査すれば良いのか分からない、お盆で局部を隠す『技』を審査すればいいのか」と困惑されたらしい。

品位のある言葉で、笑いの質を保ちながら、新作落語の道を突き進む師匠らしい言葉だ。確かにこれは「芸」ではないのかもしれない。でも僕は、アキラ100%という芸人さんが嫌いではない。彼がテレビに出る度に、僕の目は釘付けだ。番組の企画で、お盆で局部を押さえながらシンクロナイズド・スイミングに挑戦する彼の姿に、僕は爆笑し、ちょっとだけ感動もした。

裸だから面白いわけではない。技だってたいしたものではない。たまにモザイクが掛かっているし。彼の魅力は、あのビジュアルにある。とてもそんなことをしそうにない実直なサラリーマン風の横顔。同じ「裸芸人」のハリウッドザコシショウさんには顔つきからして、なにやらやらかしてくれそうな、型破りな雰囲気がある。アキラ100%さんにはそれがない。服さえ着ていれば、とても「裸芸人」とは思えない。

彼を見ながら思いを馳《は》せる。彼がここに行き着くまでの苦難のプロセスに。そもそも彼はなぜ芸人になったのか。最初からこの芸風で行こうと思ったわけではないだろう。全裸で行こうと決意した日のこと、初めてお盆芸を人前で披露した時の緊張。彼がお盆で局部を隠しつつ、きわどいポーズを取る度に、僕は夢想する。するとだんだん彼の人生そのものが、壮大な喜劇に思えてくるのだ。ご本人とは一面識もないので、実際にどうだったかは分からないけど。

そう考えると、彼のようなタイプは、コンクールやオーディションといった、短時間で芸を競い合うものには、もっとも向いてない気がする。文枝師匠を困らせてはいけない。彼の本当の面白さは「芸」でも「技」でもなく、「彼」そのものにあるのだから。まさに本当の意味での「裸芸人」ではないか。

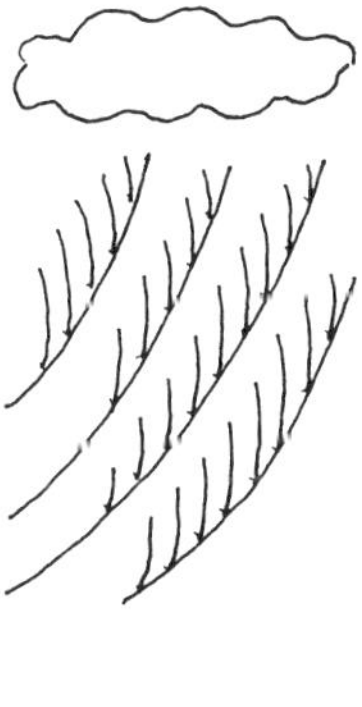

ピクニック弁当の出来栄え

お弁当の話の続き。息子の弁当を作るのに二時間かかると書いたら、エッセーを読んだ知人たちから、様々なアドバイスを頂いた。作り置きの方法とか、前日の晩ご飯を再利用するやり方、冷凍に適したおかずとか、時短に関する沢山《たくさん》の知恵を頂きました。ありがとうございました。

ただ、僕の場合は毎日作るわけではなく、たまになので、沢山作っておいて小出しにしていくという方法が採れない。前日の夜のおかずを使うということは、前日の夜も僕が作らねばならないわけで、夜に執筆活動をする身としては、それもなかなか難しい。将来、仕事を引退し、毎日息子の弁当作りに専念する状況になった時は、ぜひ参考にさせて頂きます。

先日、妻と息子と三人で近くの公園に出掛けた。その日の弁当担当は僕。おにぎりに、レンコン入りのつくね、煮豆、ひじき、にんじんの甘露煮、さつまいもと干しぶどうを煮たやつ、いんげんとカリフラワーのおひたし、たまご焼きにウィンナーソーセージ。息子の好物ばかりだ。もちろん朝四時起き。メニューは前日に考え、具材も買い揃《そろ》えておいた。

初めて弁当を作った時は、ソーセージをタコ型に切るといった小手先の手法を多用したが、大事なのはそんなことではないことに、最近気づいた。見た目の楽しさを優先するいわゆる「キャラ弁」にも興味はある。鶏の皮を利用し、息子の大好きなトリケラトプスを、息子が喜ぶかどうかはさて置き、超リアルに再現してみたいという欲求さえある。

しかしやはり一番大切なのは、栄養のバランスなのである。どんなに見た目が面白くても、ご飯のかわりにグリーンピースを敷き詰めて中央に梅干しをひとつ置いた、日の丸弁当ならぬバングラデシュ弁当を作るわけにはいかないのである。

もともと料理には興味があった。レシピ通りに作る楽しさは、プラモデル作りに通じる。説明書通りに作れば、必ず美味《おい》しいものが出来る。ゼロから物を作る仕事を生業《なりわい》としている人間は、他人にお膳立てして貰《もら》って何かを作る「楽しさ」に飢えている。平野レミさん、グッチ裕三さん、日本料理の笠原将弘さんのレシピは、特にお気に入り。僕の料理の師匠だ。

一方、「ブロッコリーをさっと茹《ゆ》でて」とか、「ある程度、焦げ目がついてきたら」などと曖昧《あいまい》な表現が出てくるレシピは、言語道断。「さっと」って何分なのか、「ある程度」ってどの程度なのか、きちんと書いてくれないと、その度に途方に暮れる。「ショウガひとかけら」も非常に迷惑な表現である。個体差があり過ぎるではないか。

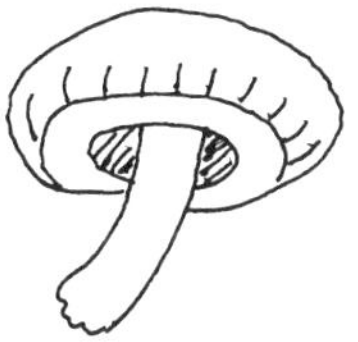

さて、息子の好きなものだけを詰め込んだスペシャル弁当。出来上がった時は疲労困憊《こんぱい》。幸いなことに、息子は喜んで食べてくれて、あっという間に完食。なんて親孝行なんだろうと思い、「どれが一番美味しかった？」と質問したところ、即答で「ウィンナーソーセージ」。二番目を尋ねれば、「煮豆」。見事既製品の二品をチョイスしてくれた息子の眼力（舌力？）には脱帽するしかない。

〈特別収録〉

三谷幸喜の似顔絵大会

僕はS学園高校の理数科出身である。数学が全く苦手だった僕が理数系の学校を選んだ理由は、受験勉強というものをほとんどやらなかったせいで、受けた学校がことごとく不合格だったからだ。S学園高校理数科は開設されたばかりで知名度が低く、受験生がなかなか集まらないと聞いて、試しに受験してみたら、見事に合格したのであった。

だが、入ってみると同級生のほとんどはお医者さんか薬剤師さんの息子。完全に医学部を目指すための学校であった。一日に数学が四時限もあったり、化学と物理と生物しかない曜日があったりで、それらの教科にまるで興味のない僕にとってはまさに地獄。

代数のテストで連続三回0点を取ったのは今でも自慢だ。代数の場合、証明問題がだいたい二問しかないので、0点か50点か100点の世界なのだが。

あまりに成績が悪いので、一年の二学期、担任の中島達雄先生に職員室に呼ばれ、「お前はもう理数系の授業は受けなくていい」と言われた。そして僕の机だけ反対向きにされ、教室の後ろの壁にぴったり付けられて、他の生徒たちから隔離された。そこで一日中、好きなことをしていろ、と中島先生は言った。

現象だけを捉えると、ある種のいじめのようにも思えるが、僕はそれを中島先生の恩情だと思っている。数学は苦手の落ちこぼれでも、小説を読んだり、物語を考えたり、漫画を描いたりするのが大好きな僕のことを、先生はちゃんと見てくれていた。

僕は嬉《うれ》しかった。無限の時間を与えられたようで、こんな幸せがあっていいのかとさえ思った。後ろ向きの座席で、様々な研究に没頭した。ここに紹介するものは、その時に描いたものである。当時から歴史が好きで、歴史上の人物の顔に興味を持ち、和田誠さんの影響で似顔絵が大好きだった僕は、誰に頼まれるでもなく、創作意欲のおもむくままに、自主的にこれらの「作品」を描いた。

学校の近くの不動産屋さんに行って大量にコピーし、それを同級生に配ったりもした。当時はまだコンビニがなく、コピー機は、地図の複写に使用していた不動産屋さんにしか置いてなかったのである。こんなわけの分からないものを貰《もら》った同級生たちの困惑した表情が目に浮かぶ。

描かれた無数の「顔」は、大半が現存している肖像画や肖像写真を基にしているが、中には僕のイメージを優先したものもある。「蘭学者」編の杉田玄白は、どういうわけかさだまさし氏の似顔絵になっている。「関白宣言」が大ヒットする直前のさだ氏である。平賀源内は、僕にとって当時もっとも思い入れの深い人物だったので、僕の自画像だ。

それにしても、高校時代から解体新書や蘭学事始に関心があり、それから約四十年後に、蘭学者たちをテーマにしたドラマの脚本を書いている自分の「ブレのなさ」には、恐怖すら感じる。

ちなみに、僕は人の顔は描けるけど、首から下はまったくの下手くそだ。身体《からだ》を描く時は、当時大好きだった小林まこと先生の熱血スポーツ漫画『1・2の三四郎』から、動きのあるポーズを模写させて貰った。小林先生、ありがとうございました。

歴代総理大臣の「顔」も大好きで、全員を描くのが夢だったが、当時は、二十三代清浦奎吾《きようらけいご》、三十六代阿部信行首相だけがどうしても顔写真が見つからなかった。よって清浦首相は後ろ姿、阿部首相は横顔のシルエットになっている。S学園のアベ先生の横顔を模して描いたが、後年、実際の阿部信行首相の顔写真を見たら、当然ながらまったく似ていなかった。

異様なまでに歴代総理大臣に興味を持っていた僕は、初代伊藤博文から全員の名前を暗記した。なんてことはない、頭の文字を並べて「イクヤマイマイオヤイカサカサ……」と覚える暗記法があるのだ（今でも言える）。ただし、この覚え方だと、ラストは「……イサタミフオ」で六十八代・六十九代の大平正芳首相までしか覚えられない。当時は大平首相が最新だったのだ。なんとも時代を感じさせる。

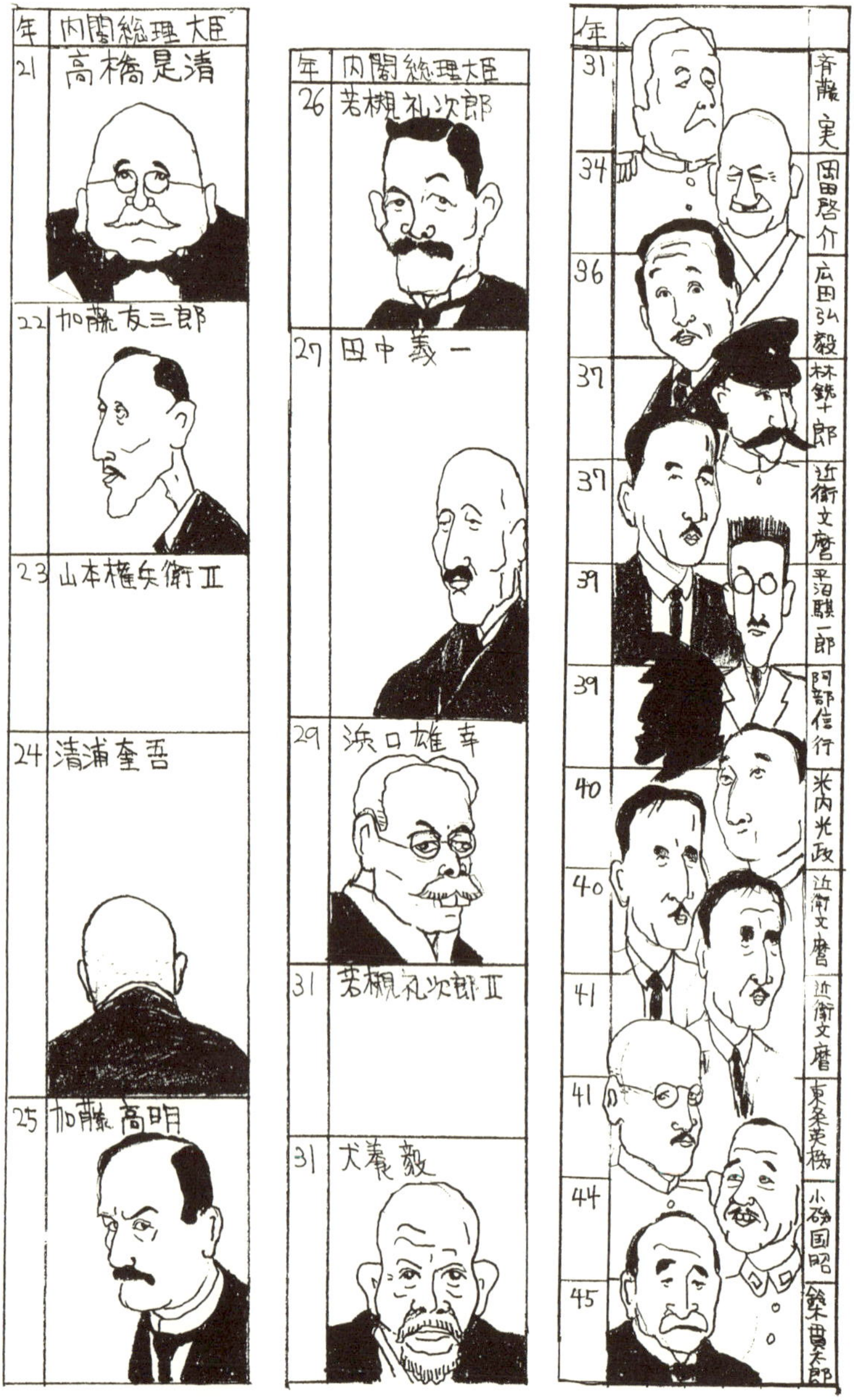
年
内閣総理大臣
21 高橋是清
22 加藤友三郎
23 山本権兵衛 II
24 清浦奎吾
25 加藤高明
年
内閣総理大臣
26 若槻礼次郎
27 田中義一
29 浜口雄幸
31 若槻礼次郎 II
31 犬養毅
年
31 斉藤実
34 岡田啓介
36 広田弘毅
37 林銑十郎
37 近衛文麿
39 平沼騏一郎
39 阿部信行
40 米内光政
40 近衛文麿
41 近衛文麿
41 東条英機
44 小磯国昭
45 鈴木貫太郎

【内閣総理大臣大会】

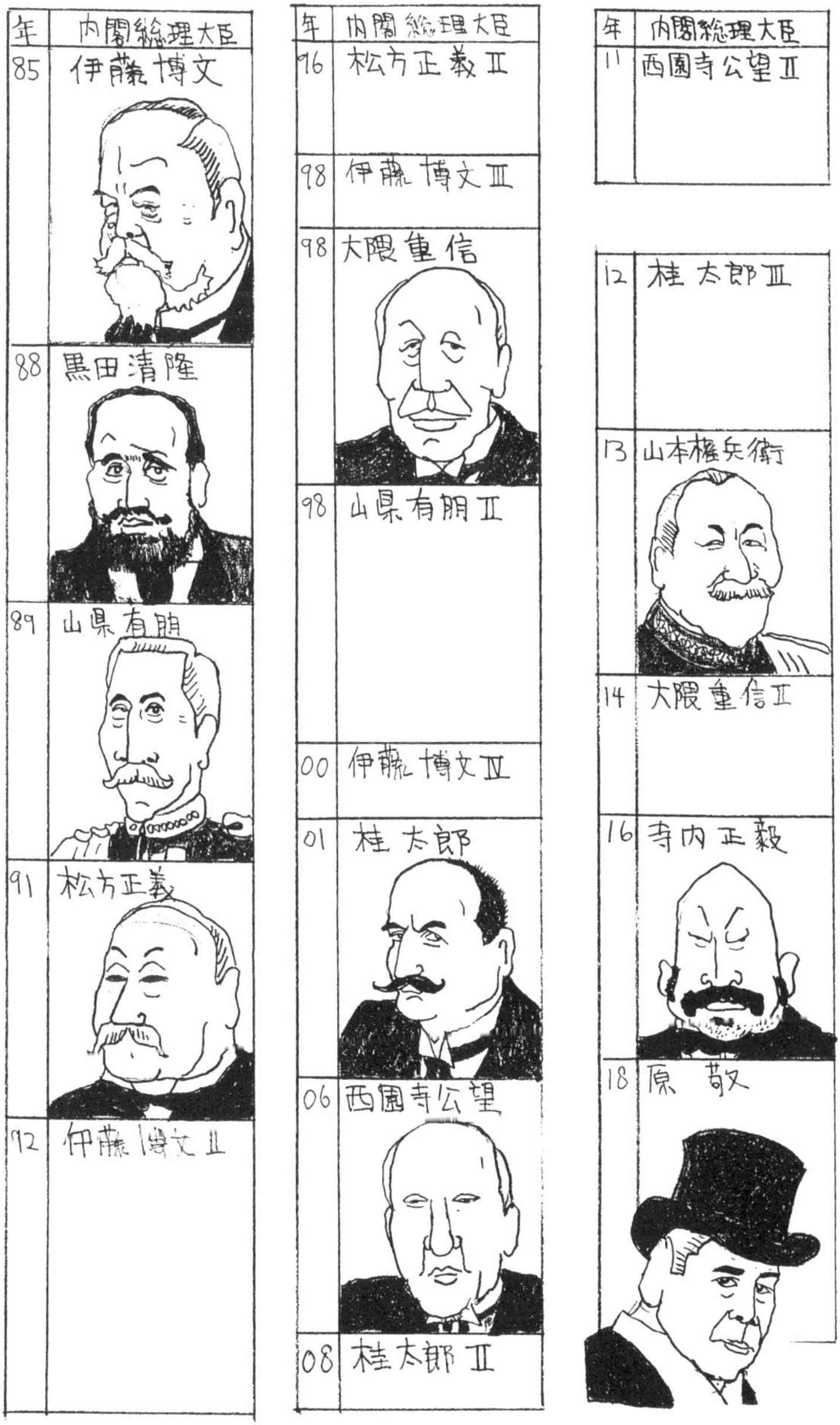
年
内閣総理大臣
85 伊藤博文
88 黒田清隆
89 山県有朋
91 松方正義
92 伊藤博文Ⅱ
年
内閣総理大臣
96 松方正義Ⅱ
98 伊藤博文Ⅲ
98 大隈重信
98 山県有朋Ⅱ
00 伊藤博文Ⅳ
01 桂太郎
06 西園寺公望
08 桂太郎Ⅱ
年
内閣総理大臣
11 西園寺公望Ⅱ
12 桂太郎Ⅲ
13 山本権兵衛
14 大隈重信Ⅱ
16 寺内正毅
18 原敬

古典主義

【硯友社の人々】…「我楽多文庫」

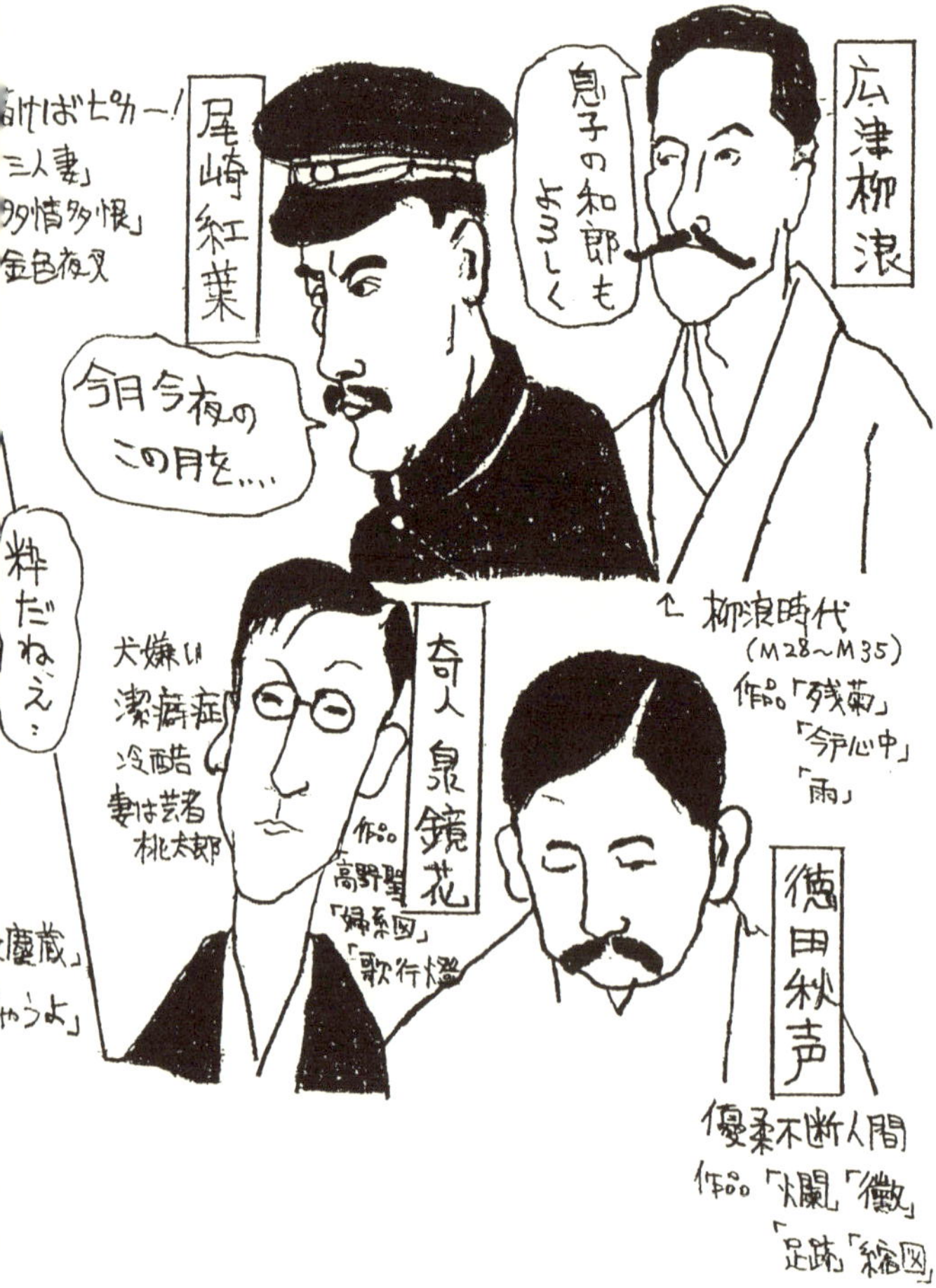

【近代文学史大会】

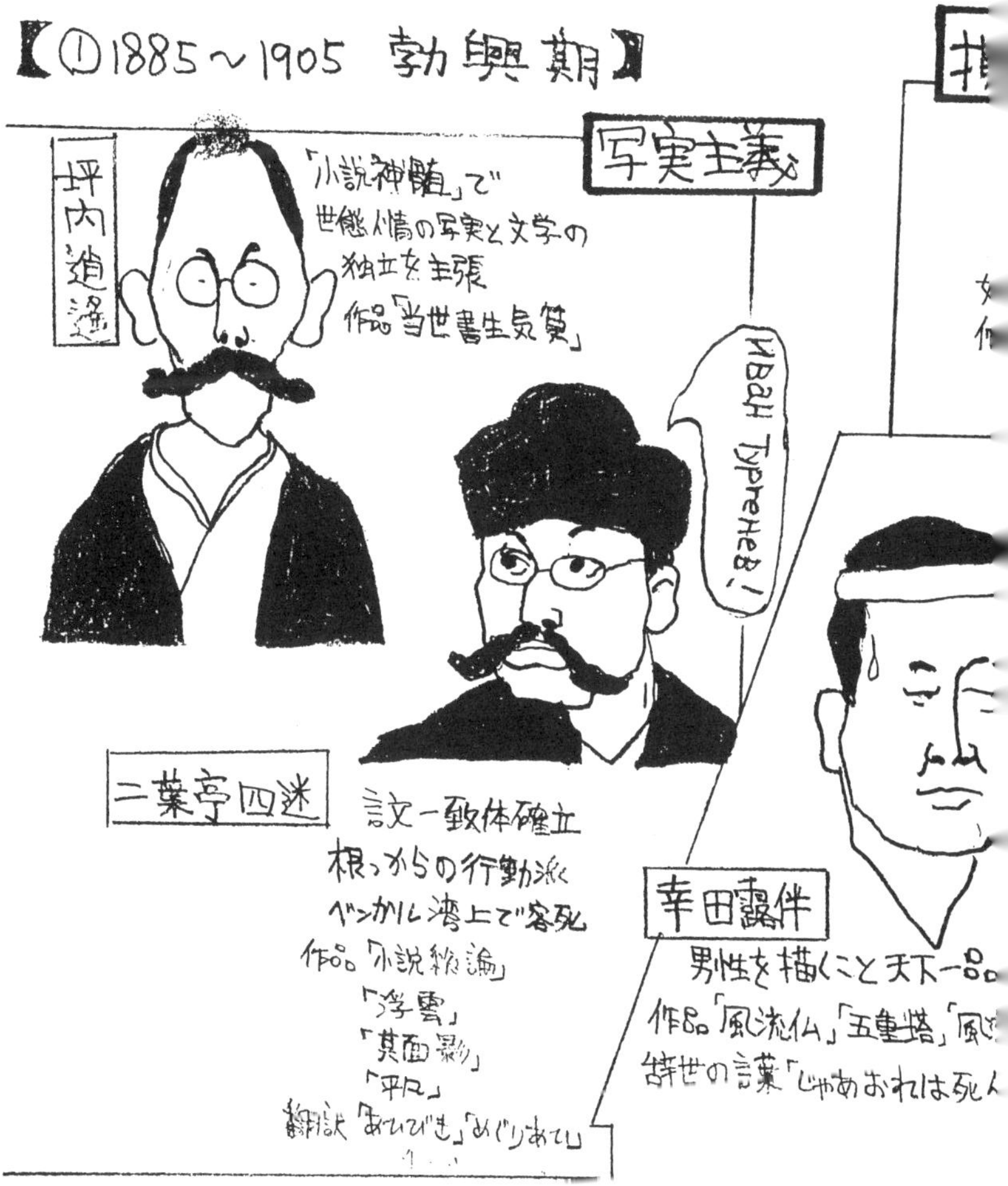
【①1885～1905 勃興期】
写実主義
坪内逍遥
「小説神髄」で
世態人情の写実と文学の
独立を主張
作品「当世書生気質」
Иван Тургенев!
二葉亭四迷
言文一致体確立
根っからの行動派
ベンガル湾上で客死
作品「小説総論」
「浮雲」
「其面影」
「平凡」
翻訳「あひびき」「めぐりあひ」
幸田露伴
男性を描くこと天下一品。
作品「風流仏」「五重塔」
辞世の言葉「じゃあおれは死

義

胡蝶」

ちおもて」

浅草レビュウの女

永井荷風

別名　三遊亭夢之助

洗練された江戸情趣

作品「あめりか物語」「ふらんす物語」
「腕くらべ」「つゆのあとさき」
「濹東綺譚」

樋口一葉

眼が2つあるから
一度に2行ずつ本を読んだ

作品「たけくらべ」「にごりえ」「十三夜」「わかれ道」
「うつもり」

小説，藤村の詩、

評論を掲載

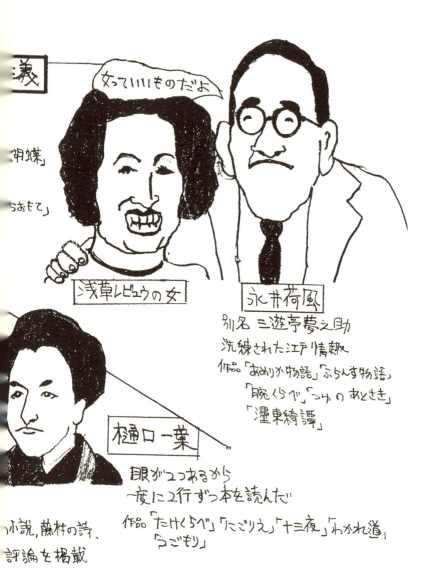

ロマン主義

感情高揚
自我主張

軍医総監
↓
陸軍省医務局長
↓ 左遷
第12師団軍医部長
↓ 復帰
第1師団軍医部長

森鷗外

明治国家の哲学的バックボーン
現実主義的精神と理想主義的精神の調和
作品。「於母影」「舞姫」「青年」
「雁」「阿部一族」「山椒大夫」「高瀬舟」

理想

【硯友社の人々】

山田美妙
「武蔵野」

川上眉山
「書記官」

北村透谷

「文学界」
発行
↓
「文学界」一

透谷

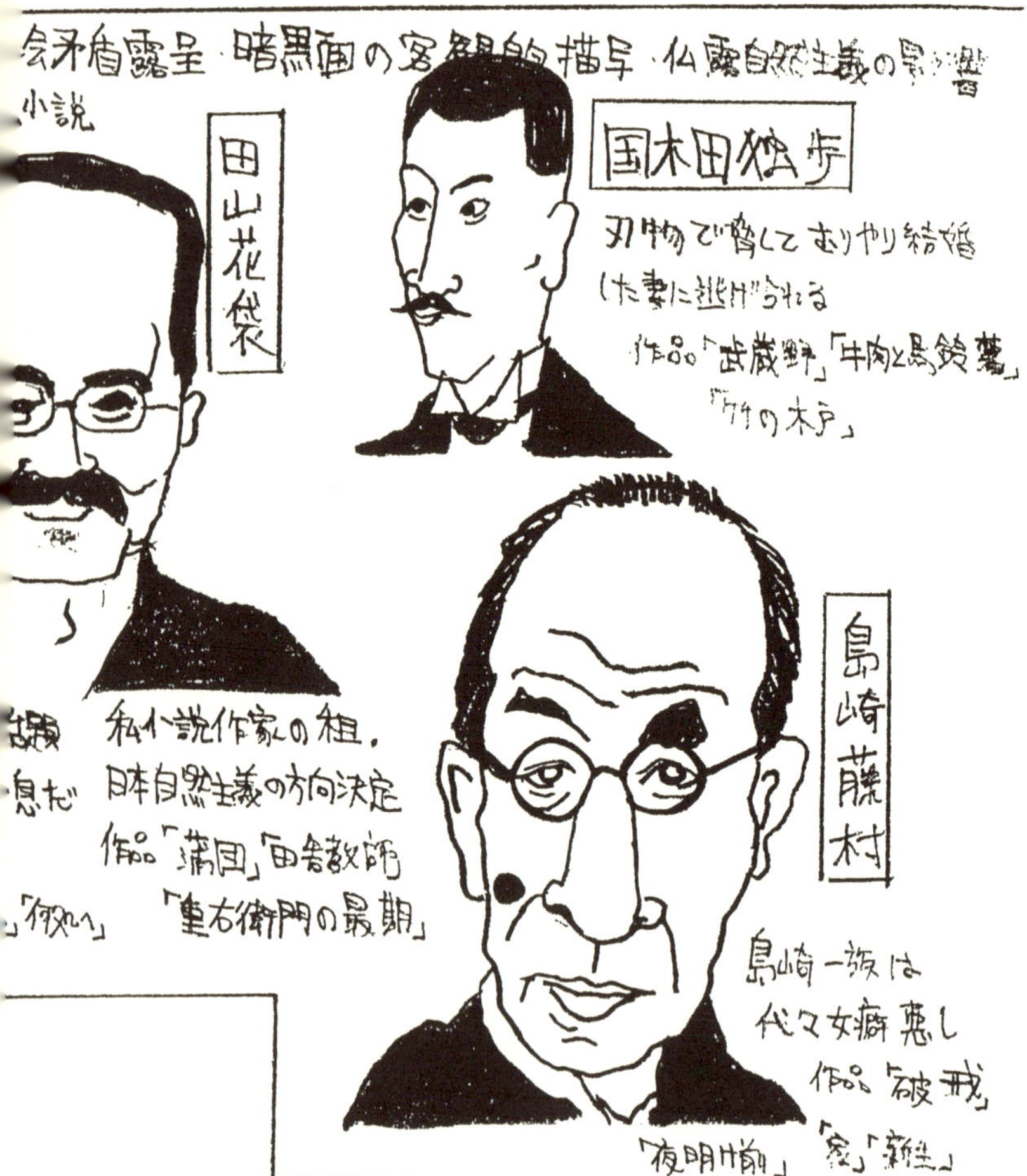
会矛盾露呈・暗黒面の客観的描写・仏蘭自然主義の影響
小説
田山花袋
国木田独歩
刃物で脅して むりやり結婚
した妻に逃げられる
作品「武蔵野」「牛肉と馬鈴薯」
「竹の木戸」
私小説作家の祖、
日本自然主義の方向決定
作品「蒲団」「田舎教師」
「重右衛門の最期」
「何処へ」
島崎藤村
島崎一族は
代々女癖悪し
作品「破戒」
「夜明け前」「家」「新生」

【② 1905〜1926 成熟期】

自然主義

徳田秋声

前述

女狂い。上田敏に嫌われる。男女関係の露骨な描写
作品「放浪」「発展」「毒薬を飲む女」

好奇心旺盛。名作
作は一つも書いてな
けは長かった。
作品「塵埃」「妖

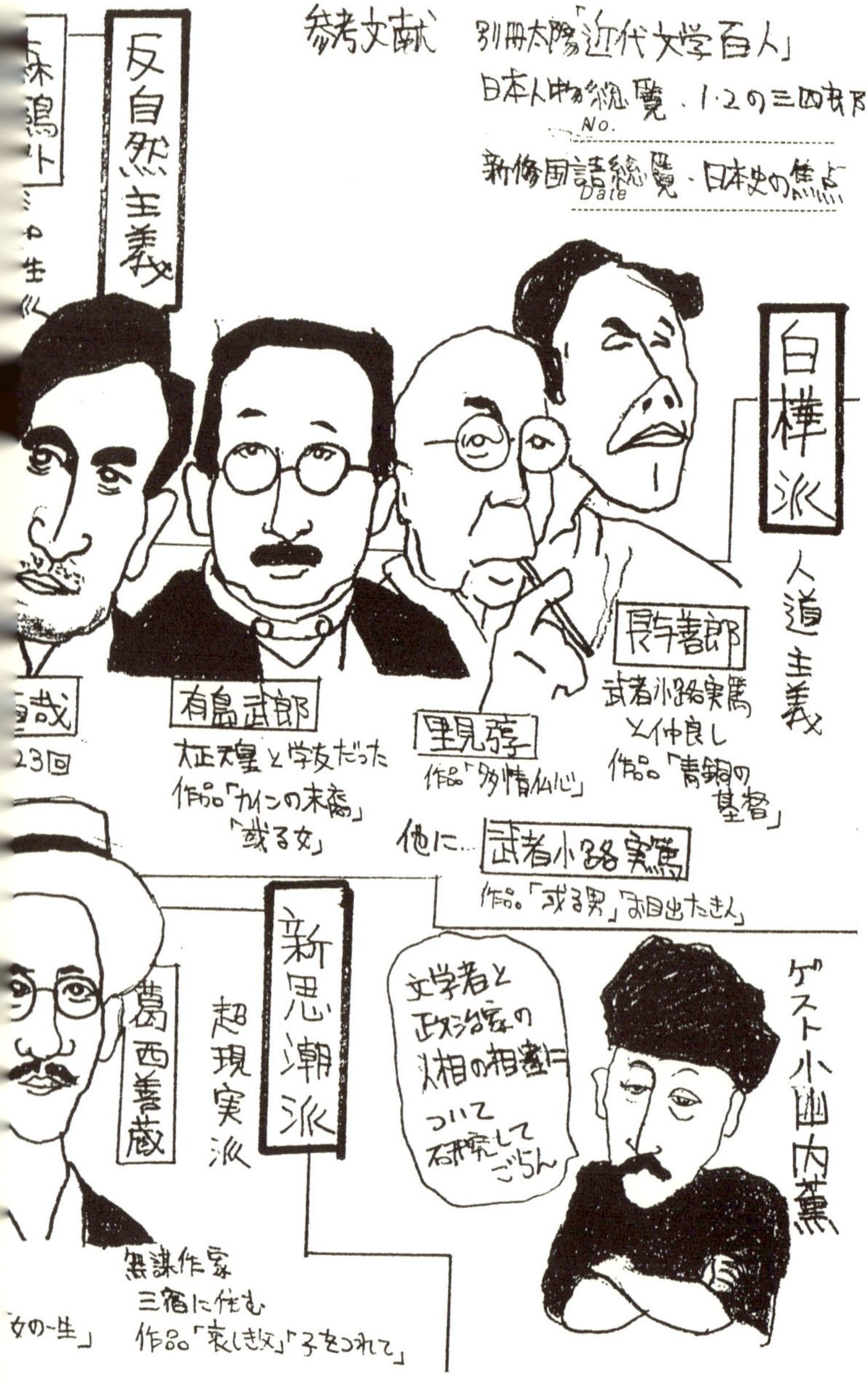

参考文献 別冊太陽「近代文学百人」
日本人物総覧
新修国語総覧・日本史の焦点
反自然主義
白樺派
人道主義
長与善郎
武者小路実篤と仲良し
作品「青銅の基督」
里見弴
作品「多情仏心」
有島武郎
大正天皇と学友だった
作品「カインの末裔」「或る女」
他に…武者小路実篤
作品「或る男」「お目出たき人」
新思潮派
超現実派
葛西善蔵
三宿に住む
作品「哀しき父」「子をつれて」
「女の一生」
文学者と政治家の人相の相違について研究してごらん
ゲスト小山内薫

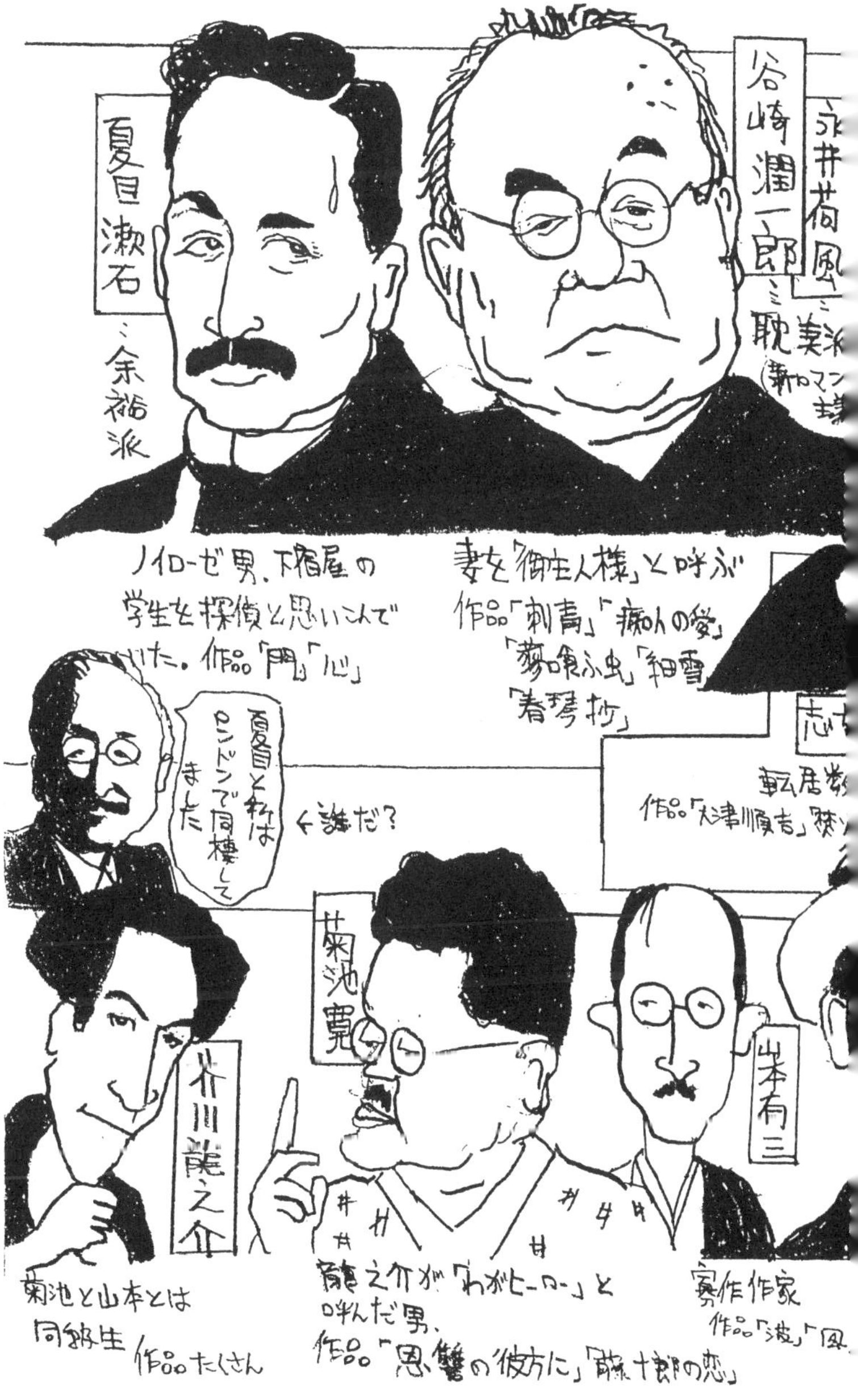

夏目漱石
余裕派
谷崎潤一郎
耽美派
永井荷風
ノイローゼ男。下宿屋の学生を探偵と思いこんでいた。作品「門」「心」
妻を「御主人様」と呼ぶ
作品「刺青」「痴人の愛」「蓼喰ふ虫」「細雪」「春琴抄」
夏目と私はロンドンで同棲してました
←誰だ？
菊池寛
芥川龍之介
山本有三
菊池と山本とは同級生 作品たくさん
龍之介が「わがヒーロー」と呼んだ男。作品「恩讐の彼方に」「藤十郎の恋」
寡作作家

…どを
…に献
…。

新井白石

イタリア宣教師シドッチを訊問し、「采覧異言」「西洋紀聞」を著わし洋学の先駆となる

西川如見

天文暦算家。長崎で見聞した海外事情、通商関係を「華夷通商考」に著わす

大会】

杉田玄白

江戸小塚原の死刑囚の腑分けの経験により「解体新書」を良沢らと訳述
著書「蘭学事始」「秋桜」

参考資料
詳説日本史（山川出版）
日本史用語集（山川出版）
日本人物総覧（新人物往来社）
冬の鷹（新潮文庫）
解体新書（中公新書）
オリエント急行殺人事件プログラム
（東宝株式会社事業部）

【蘭学者大会】

青木昆陽
幕府書物方で吉宗の命により蘭学を学び、また「蕃薯考」を著わして甘藷栽培をすすめる
野呂元丈
稲生若水について本草学を学ぶ。吉宗の命でオランダ薬物を研究
平賀源内
寒暖計・エレキテル・石
次々と発明、洋画にも
作も書いたが晩年は
学者シリーズ No.3
【蘭学者
中川淳庵
桂川甫周
共に良沢・玄白らと「解体新書」製作に尽力
前野良沢
青木昆陽に蘭学を学び長崎に遊学。玄白と共に解剖書「ターヘル=アナトミア」を翻訳
解體圖

宇田川玄随

川甫周に蘭医学を学び オラン
内科書の翻訳「西説内料
撰要」を刊行する

フィリップ・フランツ・フォン・シーボルト

ドイツ人。滞日5年。鳴滝塾で医学を教授。日本地図を海外へ持ち出そうとしたことからシボルト事件が起き、みんなに迷惑をかける。

緒方洪庵

大坂で蘭医を開業し、適塾を開いて大村益次郎、福沢諭吉らの俊秀を世に出す。

の蘭学者相撲番付

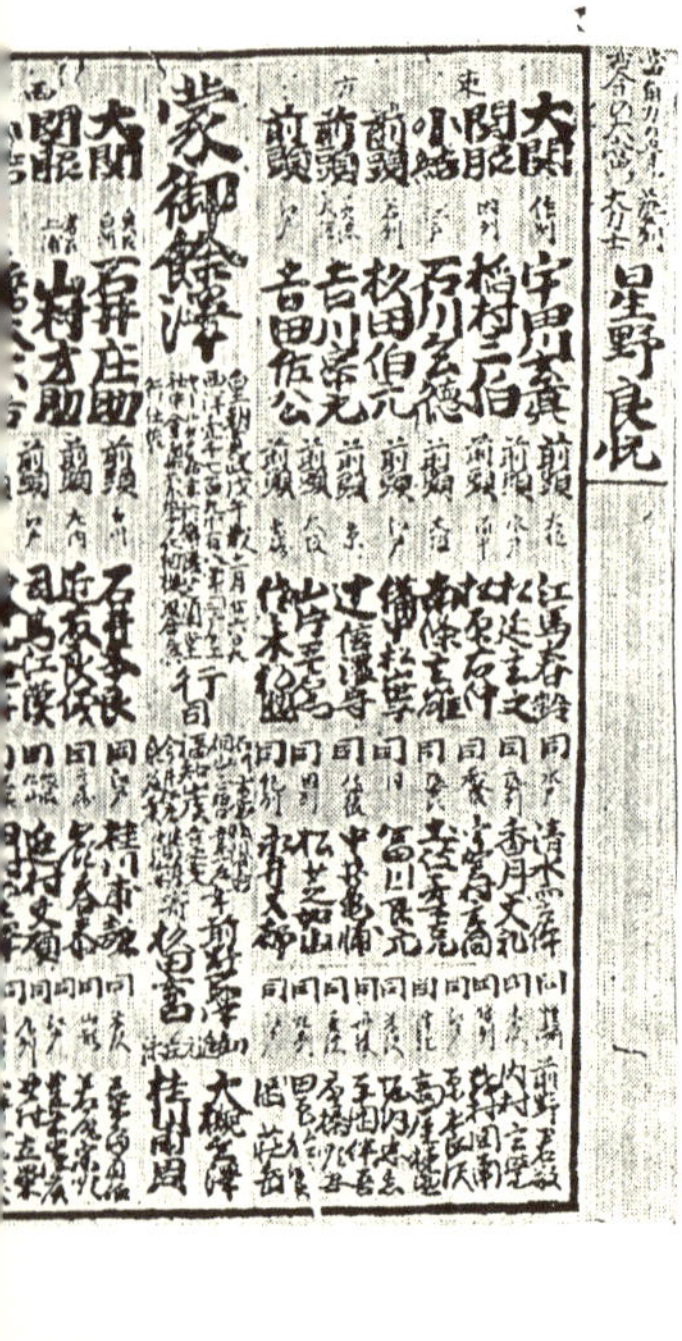

蒙御免

星野良悦

大関 宇田川玄真

関脇 稲村三伯

小結 石川玄徳

前頭 杉田伯元

前頭 吉川宗元

大関 石井庄助

関脇 山村才助

高橋景保

天文方高橋至時の子で自らも天文方となる。伊能図完成にも協力したがシーボルトに日本地図を渡したため投獄→牢死

伊藤玄朴

シーボルトに学び江戸で蘭医を開業、鍋島直正に牛痘苗取寄せを進言して接種に成功、種痘館を創設

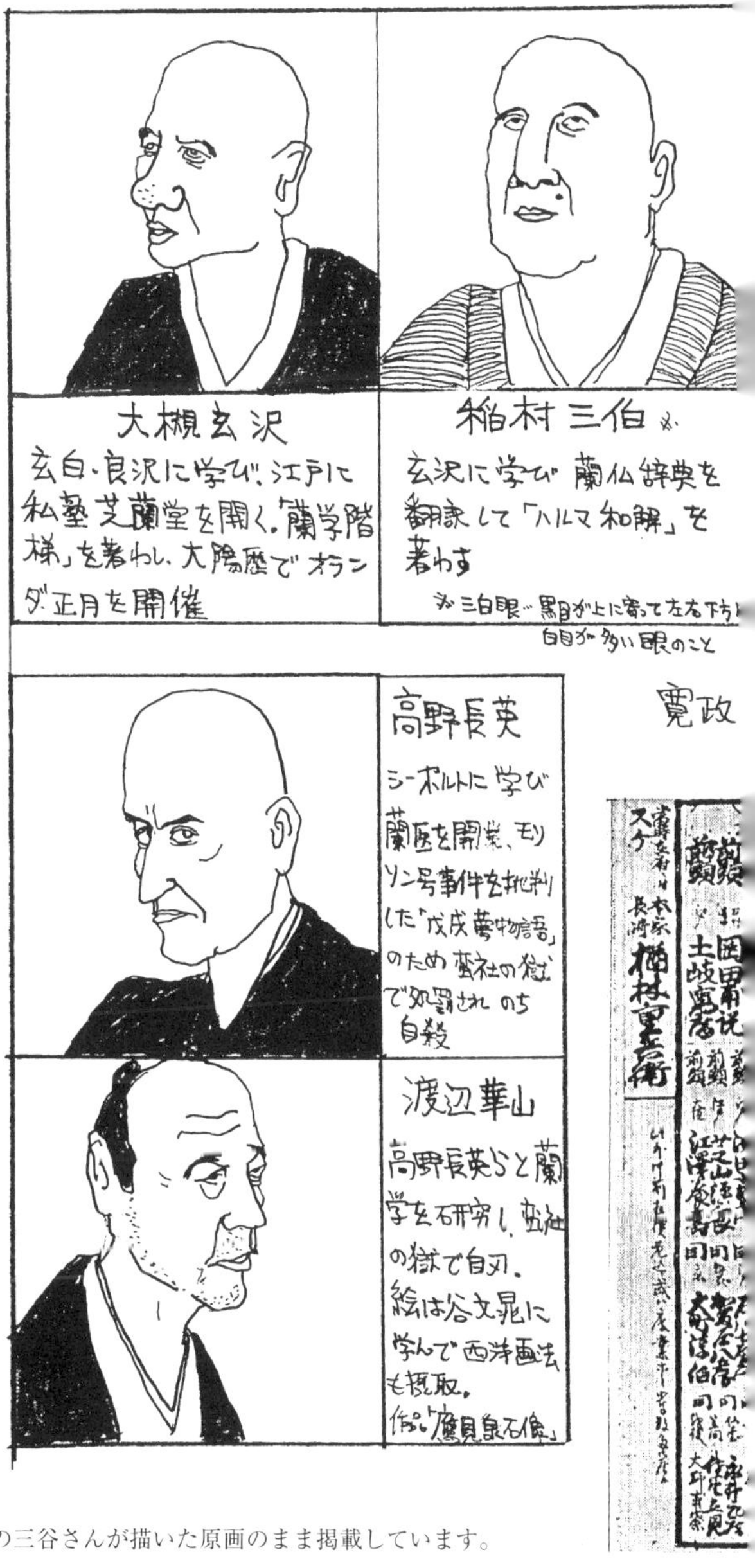
大槻玄沢
玄白・良沢に学び、江戸に私塾芝蘭堂を開く。「蘭学階梯」を著わし、大陽歴でオランダ正月を開催
稲村三伯※
玄沢に学び 蘭仏辞典を翻訳して「ハルマ和解」を著わす
※三白眼…黒目が上に寄って左右下方に白目が多い眼のこと
寛政
高野長英
シーボルトに学び蘭医を開業、モリソン号事件を批判した「戊戌夢物語」のため蛮社の獄で処罰され のち自殺
渡辺華山
高野長英らと蘭学を研究し、蛮社の獄で自刃。絵は谷文晁に学んで西洋画法も摂取。作品「鷹見泉石像」

※誤字なども含めて高校生の三谷さんが描いた原画のまま掲載しています。

本書収載期間の仕事データ

●大河ドラマ「真田丸」
二〇一六年一月十日～二〇一六年十二月十八日
制作／NHK
脚本／三谷幸喜
出演／堺雅人、大泉洋、長澤まさみ、木村佳乃、山本耕史、平岳大、黒木華、新井浩文、中原丈雄、藤本隆宏、藤井隆、吉田羊、片岡愛之助、斉藤由貴、寺島進、西村雅彦、段田安則、榎木孝明、遠藤憲一、高嶋政伸、竹内結子、藤岡弘、、高畑淳子、草笛光子、小日向文世、鈴木京香、近藤正臣、内野聖陽、草刈正雄　ほか

●舞台「エノケソ一代記」
二〇一六年十一月二十七日～二〇一六年十二月二十六日　世田谷パブリックシアター（東京・世田谷区）
企画・製作／シス・カンパニー
作・演出／三谷幸喜
出演／市川猿之助、吉田羊、浅野和之、山中崇、水上京香、春海四方、三谷幸喜

●舞台「不信～彼女が嘘をつく理由」

二〇一七年三月七日～二〇一七年四月三十日　東京芸術劇場シアターイースト（東京・豊島区）
企画・製作／株式会社パルコ
作・演出／三谷幸喜
出演／段田安則、優香、栗原英雄、戸田恵子

●舞台「子供の事情」
二〇一七年七月八日～二〇一七年八月六日　新国立劇場 中劇場（東京・渋谷区）
企画・製作／シス・カンパニー
作・演出／三谷幸喜
出演／天海祐希、大泉洋、吉田羊、小池栄子、林遣都、青木さやか、小手伸也、春海四方、浅野和之、伊藤蘭

初出・朝日新聞二〇一六年五月十九日〜二〇一七年十月二十六日

三谷幸喜（みたに・こうき）

一九六一年生まれ。脚本家。近年のおもな舞台作品に「エノケソ一代記」「不信～彼女が嘘をつく理由」「子供の事情」「江戸は燃えているか」「酒と涙とジキルとハイド」（再演）、テレビ作品に「真田丸」「風雲児たち～蘭学革命篇～」やアガサ・クリスティの推理小説を映像化した「黒井戸殺し」など、映画監督作品に「ステキな金縛り」「清須会議」「ギャラクシー街道」などがある。また、主な著書に『三谷幸喜のありふれた生活』シリーズ、『清須会議』など。

三《み》谷《たに》幸《こう》喜《き》のありふれた生活《せいかつ》15
おいしい時間《じかん》

二〇一八年七月三〇日　第一刷発行

著　者　三谷幸喜
発行者　須田　剛
発行所　朝日新聞出版
〒一〇四-八〇一一　東京都中央区築地五-三-二
電話　〇三-五五四一-八八三二（編集）
〇三-五五四〇-七七九三（販売）

印刷所　図書印刷株式会社

ISBN978-4-02-251557-5
定価はカバーに表示してあります